回復術士的重啟人生
~即死魔法與複製技能的極致回復術~
5
U0074906

凱亞爾葛
為了捨棄懦弱的自己而進化成新模樣的凱亞爾。以愉悅又幸福的復仇生活為座右銘，活得歡樂自在的優秀青年。本性善良。
紅蓮
吸收凱亞爾葛以及他同伴的魔力與心靈為養分而誕生的神獸。雖然優秀但卻會忠於慾望的狐狸。
芙蕾雅
被改變容貌植入虛假的記憶的芙列雅公主，凱亞爾葛的所有物。深愛凱亞爾葛且尊敬著他的隨從。
剎那
淪為奴隸的冰狼族天才。被凱亞爾葛所救成為他的所有物。
克蕾赫
【劍聖】。吉歐拉爾王國最強的劍士。

艾蓮
擅長『政略』及『軍事』的諾倫公主改頭換面後的模樣。非常愛跟凱亞爾葛等人撒嬌的少女。但其本質沒有改變。
布列特
【砲】之勇者。經驗豐富值得依靠的男人……其實是只愛著少年的精神病患。
夏娃
在第一輪是魔王，第二輪為魔王候補的少女。是遭到現任魔王迫害的黑翼族，為了成為魔王拯救族人而旅行。

「魔王啊。在殺死你之前先報上名號吧。
我是【癒】之勇者凱亞爾葛，是回復術士。」

「討厭，那裡……
有種好不可思議的感覺。」

回復術士的重啟人生

Redo of heale

～即死魔法與複製技能的極致回復術～

5

月夜涙

插畫：しおこんぶ

Author : Tsukiyo Rui

Illustration : Siokonbu

Kadokawa Fantastic Novels

CONTENTS

序章 【砲】之勇者乾淨的部分

～吉歐拉爾王國，夏兀德～

「一直不斷遇上麻煩呢。明明我必須儘快趕到國王身邊才行……都已經超過約定的日子三天了。」

【劍聖】克蕾赫·葛萊列特急得咬牙切齒。

她剛在吉歐拉爾王國西部的夏兀德森林完成任務，目前正在返回王都的路上。

由於西方出現了一般士兵束手無策的凶惡魔族，需要【劍聖】的力量應付，因此王國派遣她來到此地。

儘管該名魔族葬送了數百名吉歐拉爾的王國騎士，但終究不是【劍聖】的對手，克蕾赫火速地將其驅逐。然而，接下來才是問題所在。

她的工作並非只有打倒魔族。

作為護衛協助將重傷者送回王都也是任務的一環。

但萬萬沒想到，麻煩事卻接二連三地發生，甚至讓人覺得很不自然。

舉例來說，像是載運傷患的馬車車輪突然損壞、橋梁崩塌需要繞道而行，甚至是受到魔物集團的襲擊之類。

也因為這樣，導致返回王都的歸期大幅延宕。

原本應該早在三天前就已抵達王都，現在卻似乎還得花上整整一天才能抵達。

「似乎得花上不少時間對國王解釋……唉，真是討厭。」

她看起來相當疲憊，連引以為傲的銀髮也失去了光澤。

然而她之所以這麼疲憊，不光是因為這次的事件。

【劍聖】的工作十分繁重。

吉歐拉爾王國，目前已經失去了國家最大戰力的【術】之勇者芙列雅、【劍】之勇者布蕾德，以及三英雄的【鷹眼】。

為了填補這個缺口，【劍聖】被呼來喚去，四處奔波。

要是這次趕不上國王的召集，想必得做出一定程度的辯解。

儘管她也曾想過獨自脫隊騎馬飛奔回國，但這次打倒的魔族帶了強力的魔物，前幾天也遭到其他魔物集團的襲擊。要是載運傷患的隊伍在自己脫隊的情況下遇襲，根本手無縛雞之力。

「克蕾赫大人，您辛苦了。」

擔任克蕾赫隨從的女性為她端來了茶水。

使用的是克蕾赫喜歡的茶葉，水溫也調整為她中意的溫度。

由於她長期侍奉克蕾赫，在這些方面非常機靈。

「謝謝妳，幫了我大忙。」

「不，畢竟我也只能幫上這點忙。您這次的戰鬥也非常出色呢！」

克蕾赫露出苦笑。

雖說自己是為了保護吉歐拉爾王國，但卻背叛了這個國家，把情報洩漏給【癒】之勇者以及【術】之勇者。

她透過傳言，得知凱亞爾等人在人與魔族共存的城鎮布拉尼可活躍的事蹟。

【術】之勇者芙列雅發表演說，提倡魔族和人類的共存之道，想藉由戰鬥之外的方式結束這場戰爭。而且，像布拉尼可那種人類與魔族得以共存的城鎮也確實在陸續增加。他們認為既然布拉尼可做得到，其他城鎮也同樣做得到才是。

儘管克蕾赫認為這是非常美好的想法，但同時也認為這是條艱辛的道路。

因為在最前線作戰的克蕾赫知道……漫長的戰爭已經在人們的心中留下了無數的傷痕。

她也見過因為重要之人遭到魔族或是魔物殺害，而對他們抱持強烈恨意的騎士。

而且，魔族方面對此想必也是感同身受。

即使起初只是吉歐拉爾王國為了利益而引發的戰爭，但事到如今，雙方或許都無法善罷甘休了。

就算如此，她也願意努力嘗試。

因為這是那個人的夢想。

而且她對這份夢想有所共鳴，希望能看到那樣的未來。

「克蕾赫大人，您的眼神很溫柔呢。儘管我已經隨侍在您身旁多年，但好像是在克蕾赫大人去了拉納利塔之後，才看到您露出這樣的眼神呢。您在拉納利塔是不是有遇上一段美妙的邂逅呢？」

克蕾赫聽了後頓時面紅耳赤。

然後，把臉別開並開口說道：

「不是那樣啦……不過，妳說得沒錯。當時確實有一段美妙的邂逅。」

克蕾赫這樣說完後便噤口不言。

是因為這句話讓她快害羞死了。

隨從莞爾一笑，不再繼續追問這個話題。因為她很清楚再追問下去只會讓克蕾赫為難。

所以，隨從決定改變話題。

「最近上層也變體貼了呢，居然願意聚集重傷者返回王都接受治療。」

「是啊，儘管邊境也有軍醫，但一旦受了重傷，還是需要仰賴中央的回復術士或是專用的設備。」

這次的任務也是如此，最近王國會將地區設施以及醫師無法確實醫治的重傷者送往王都，在那裡接受治療。

而且這些費用都由王都負責支出。

高階的回復術士不只是因為人數稀少而貴重，一旦動用他們還會增添一筆昂貴的費用。平民根本支付不了這份報酬。而且基本上要是沒有強大的人脈，甚至連人都見不到，根本不可能拜託他們幫忙治療。

原本對士兵見死不救的王國如今願意出手相助，也進而提昇了士兵們的士氣。

「……可是，我也聽說了不太好的傳言。像是去了中央就再也沒有回來，或者是回來之後變了一個人。我認識的人也說自己的戀人在中央接受治療回來之後，感覺骨子裡就像是換了另外一個人呢。」

隨從這番話讓克蕾赫露出苦笑。

「妳太多慮了。畢竟是重傷者，不可能所有人都有辦法得救。況且，他們所受的是會在生死關頭徘徊的重傷。當然沒辦法像以前一樣。」

「說得也是……可是，卡露菈，啊，就是我的朋友，明明戀人回到了她的身邊，卻充滿了悲愴感，感覺不像是稍微變了一個人那種程度……」

此時因為馬車緊急煞車，兩人的對話突然遭到打斷。

「什麼事！」

克蕾赫向車夫大聲詢問。

「後方馬車的車輪好像有幾台壞掉了。」

「又來了？這是第幾次了？你也去幫忙修理吧。」

「是，【劍聖】大人。」

簡單的修理對身為車夫的男人來說輕而易舉，他快速地衝向後方馬車。

就是因為接連發生這種意外，所以害得克蕾赫至今遲遲無法回到王都。

而就在下一個瞬間，克蕾赫的背脊為之震顫。

她拿起劍確認周圍狀況。

「約娜，能麻煩妳先下馬車幫我確認狀況嗎？」

「明白了。我這就去。」

隨從也離開了馬車。

克蕾赫調整呼吸，擺好架式。

「你有事找我對吧？其他人已經被我支開，快出來吧。還是說，你希望由我主動出擊？」

克蕾赫拔劍進入備戰狀態。

於是，有名男子從陰影處現身。

「不愧是【劍聖】大人，居然能察覺到我。」

「你是刺客嗎？」

「不，我之所以來此，是為了把父親的信交給妳。另外還有口信。『這個國家已經完了，請克蕾赫大小姐快點逃走』。」

說完這句話後，男人把一封略大的信封交給克蕾赫，消失在黑暗之中。

克蕾赫撕破信封，裡面有好幾張文件以及一封信。

上面蓋著倒十字的印記。

會喜歡使用這種徽章的，克蕾赫只想得到一個人。

那就是她已故的父親——亞瑟的戰友，自己也曾數次與他並肩作戰，吉歐拉爾王國最強的男人。

「布列特神父到底要對我說什麼？」

剛才的男人，想必就是父親曾提及的布列特的影子。

居然會不惜使用影子也要傳達的訊息究竟是……克蕾赫看著信上的內容，同時手也不斷顫抖。

然後，她熟讀與這封信一起送來的文件內容。

「……沒想到我和凱亞爾葛之間的關係已經被識破了……而且，這是騙人的吧？」

克蕾赫瞪大雙眼。

因為信件的內容實在令人難以置信。

克蕾赫透過凱亞爾得知了吉歐拉爾王國檯面下的另一面。

吉歐拉爾王國派出軍隊襲擊亞人的村落，將他們作為奴隸販賣。

還為了殺雞儆猴將無辜的村落印上邪教信徒的烙印，燒燬整個村落等等，幹下了種種慘無人道的惡行。

即使如此，她也沒料到王國的城府會如此之深。
她將信收入口袋，留下一封給隨從的信，並扔下刻有葛萊列特家徽的項鍊後便衝出馬車。
留給隨從的信上這樣寫著：
「約娜，我感應到強大魔族的氣息。再繼續沿著這條路前進會有危險，立即折返吧。我們就在這分頭行動。要是遇上什麼麻煩，就去拜託西方的羅爾巴哈侯爵。只要讓他看那條項鍊，報出我的名號，想必他應該不會為難妳。」
然後，她用魔力強化了體能，一路狂奔。
如果信上所言屬實，那就必須儘快轉告凱亞爾，否則就糟了。

◇

～布列特神父的信～
好久不見了，克蕾赫小姐。
妳的威名遐邇著聞。
聽到當年還纏著我和亞瑟陪她一起玩耍的那個嬌小的克蕾赫小姐，作為當代的【劍聖】大放異彩，讓我有種既高興又寂寞，令人難以言喻的心情。
克蕾赫小姐，我直接切入正題了。

吉歐拉爾王和魔王在私下勾結並獲得了異形之力，已經不再是人類了。

而且不僅是國王本身，就連這個國家的騎士們也一個接一個變成了非人的某種生物。

近來王國以治療各地的重傷者為名目而聚集他們回國，就是為了這個目的。

無法承受異形之力的人會無法維持人形，變為悽慘無比的屍體；承受住這股力量的人，會淪落為既不是人類也不是魔族的不知名生物。而那樣的生物會返回各個區域，成為國王的眼線以及部下。

妳絕對不能返回王都。

原本這項技術還在實驗階段，但如今已經能順利用異形之力改造人類的國王想要最強的棋子。而被盯上的，想必就是身為勇者的我以及克蕾赫小姐。

就在我做出這個假設時，國王就祕密地召集了我和克蕾赫小姐回國。

……要是我們……吉歐拉爾王國最強的兩人落入國王手中，吉歐拉爾王國就完了。

正因如此，我才會讓部下們妨礙克蕾赫小姐的任務，為的就是讓妳無法回到國王身邊。

我事先已吩咐部下，若是我前往國王身邊卻沒有回來的話，就把這封信交到妳的手上。

一旦妳收到這封信，就表示我不好的預感已經應驗。我不是死，就是變成了非人的某種生物。

妳就前往比布拉尼可更遙遠的另一邊，和【癒】之勇者凱亞爾會合吧。然後，請把我所查明的王國黑暗面告訴他。這個國家已經沒救了。

不久之後，國王就會率領著似人卻非人的騎士以及魔王的軍隊，企圖征服世界吧。

……如果要拯救已經破滅的這個國家，就是和【癒】之勇者一起打倒吉歐拉爾王，讓芙列雅公主治理這個國家，除此之外別無他法。

克蕾赫小姐，請原諒我只能把這個任務交給妳。

然後為了不要讓妳誤會，我還是先說清楚吧。

妳可以捨棄這個國家。

在將這封信交給【癒】之勇者以及芙列雅公主之後，妳可以忘卻一切逃到某個遙遠的國度，在那和心愛的人一起生活……我想責任感強烈的克蕾赫小姐肯定會選擇挺身而戰，但也請妳先停下腳步，好好思考還有這條路可走之後再做打算。

妳是我已故好友亞瑟的女兒，我希望妳能獲得幸福。妳就做出不會後悔的選擇吧。

……最後，如果僅僅是訓練有素的戰士，肯定無法面對今後的戰鬥。假使妳選擇挺身而戰這條路，就成為【勇者】吧。

隨信附上我窮究一生所調查的【勇者】資料。

【勇者】會不斷輪迴，多半是重新寄宿在新的生命。然而若是擁有資格之人，便能引來這份能力青睞。如果是這世上比任何人都與【劍】相稱的妳，肯定能獲得這份殊榮。

給親愛的克蕾赫小姐。

布雷特．哈修蘭特。

第一話 回復術士收集情報。

離開村落的我，正朝著布拉尼可一路狂奔。

為了不讓星兔族察覺這件事，我得扔下馳龍偷溜出來，實在是沉重的打擊。

就算再怎麼用魔力強化身體能力，我的速度也存在著極限，除了強化之外，一旦疲勞就得立刻用【恢復】補充體力，也使得魔力消耗十分驚人。

在離去時，化身成我的紅蓮用睡眼惺忪的臉說了一句耐人尋味的話。

「主人，其實原本只有神獸和神明才能孵化神獸之卵的說。擁有充足的魔力只不過是先決條件。所以主人之所以能孵化出紅蓮，一定有某種意義存在的說。要孵化出神獸真正必要的條件是……嗯，說太多了。請忘掉吧。嗚，頭好痛。不能再說下去了。忘掉吧。不過主人也非常那個的說。雖然很辛苦，但紅蓮會努力的說。」

因為我很在意後續所以要求她繼續說下去，但紅蓮卻始終不肯點頭。

當我試圖用命令時，她甚至用拚命地央求著我說：

「打破規定死於神罰的紅蓮，或是持續違抗『命令』衰弱致死的紅蓮，主人到時會看到其中一個下場的說！」

因此我打消了這個念頭。

再怎麼說，我也沒有不惜殺死紅蓮也要獲得情報的念頭。畢竟她是神獸，所以被相當不可思議的規定所束縛。

是說，既然這麼危險，就不應該拋出這個話題啊。

……如果要以非常善意的角度去想，可以視為她不惜冒著危險，也想盡可能把這件事傳達給我。

雖然看起來那樣，但她說不定是很為主人著想的女孩。

就大手筆買個不錯的伴手禮吧。

我一邊這樣思考，同時朝著布拉尼可前進。

◇

當天晚上，我久違地獨自入睡。

一個人的夜晚不僅讓人感到寂寞，也十分難耐。

「真想抱女人啊……」

真懷念剎那她們的體溫。

抵達布拉尼可後，去一趟妓院或許也不錯。

我抱的女人都是最上等的貨色，靠一般妓院的女人說不定沒辦法滿足我，但至少能舒緩一下心情吧。

◇

在外頭野營了一晚後，我抵達了布拉尼可。

鎮上已經幾乎看不到諾倫公主率領的吉歐拉爾軍所留下的災情。

不管人類還是魔族都精神奕奕地在做生意。

看到人類和魔族的關係沒有惡化，我也放下心中的大石。

這座城鎮在某個意義上，算是終結戰爭的希望。

儘管復仇是我的優先考量，但我也希望盡可能對世界和平做出貢獻。

終其一生只為了復仇而活，這樣的人生未免過於寂寞。

畢竟若只是殺了憎恨的傢伙就結束自己的人生，那等於是因為那些傢伙而害得自己不幸。

這樣的復仇和敗北沒兩樣。

我希望在復仇之後能獲得幸福。為此，我需要一個和平又安全的世界。

「等到完成復仇後，我該怎麼辦呢？」

……或許去某個鄉下地方，像以前一樣栽種蘋果也不錯。我也想繼續做我拿手的蘋果派。

靠我的蘋果和甜點製造更多的歡笑。

不如等夏娃成為魔王後，我就擔任她的親信，為自己冠上黑騎士的名號？

剎那好像想要小孩吧？等復仇結束之後，實現她的願望也未嘗不可。

至於芙列雅公主和諾倫公主，今後就把她們視為芙蕾雅和艾蓮繼續疼愛下去好了。

她們倆都是我美麗又聽話的可愛所有物(玩具)。只要使用【恢復(Heal)】，就能讓她們永保美貌，一輩子服侍我。

「難道說我累了嗎？」

想不到我竟然會夢想這種甜蜜的未來。

然而，我的確也覺得這種想法不壞。

「啊，不是發呆的時候了。我得快點聯絡上克蕾赫。」

儘管價格昂貴，但是在布拉尼可有郵差業者會負責從這裡寄信到拉納利塔。

然後在拉納利塔，有人幫我向克蕾赫通風報信。

只要署名寄給他，這封信自然就會交到克蕾赫手中。

但是，我其實還在猶豫。

吉歐拉爾王國有可能在私底下和魔王勾結，裡面有人擁有暗黑之力，但我是否該因為這點就找克蕾赫過來呢？

有些情報也是因為她人在王國才能弄到手，更何況她也有自己的生活要過。

話雖如此，我依然有種非常不祥的預感。

我不好的預感從來沒有失準。所以，我還是選擇寄信要她前來布拉尼可會合。

把信寄出去後，我打算直到她來之前都留在布拉尼可。

……但是再怎麼說，也得設個時限才行。

就定為十天吧。

要是過了十天她還是沒來，我就不再繼續等下去。

就算白金一尾的紅蓮能化為我的外貌，也有善於軍略的艾蓮從旁協助，也無法拖延太長的時間，更何況討伐魔王的行動也已經開始了。

只寄一封信的話有可能因為意外而無法送達，因此我委託了三名業者。

只要有其中一封寄到就行了。

……儘管信的內容有洩漏的風險，但是內容已透過我和克蕾赫商量後決定的特殊暗號進行加工。就算被人看到也不太可能走漏風聲。

「好啦，再來就只能等待了……不過話說回來，想想也是應該的嘛。居然沒考慮到這點，我還是太天真了。」

我感受到了視線，而且充滿惡意。

我露出苦笑，並佯裝自己渾然不知，逕自往巷弄走去。

走進巷弄之後，我立刻以飛簷走壁的方式衝到了屋頂上。

接著消除氣息，從屋頂上觀察下面的動靜。

於是便看到了星兔族的兩名男女慌慌張張地衝進巷弄。

上次我來布拉尼可時並沒有在這看到星兔族，看樣子他們似乎也在布拉尼可部署了諜報人員。

眼前的兩人並非門外漢。

從他們的動作、視線以及消除氣息的方式，可以看出他們是行家。

……該怎麼辦呢？要是他們把在布拉尼可看到我這件事回報給星兔族長加洛爾的話就不妙了。

話雖如此，現在他們跟我無冤無仇。

殺死與我無仇的對象違反我的美學。

對了，我想到了一個好主意。既然沒有復仇的理由，自己設法製造不就得了。

於是，我從屋頂上一躍而下。

「你們似乎在跟蹤我對吧？有什麼事嗎？」

星兔族的二人組拔出小刀擺好架式。

一個人是身材纖細，看起來強勢的女性。另外一人則是膚色略黑的男性。

我可以感受到他們的敵意。很好，還差一點。

「我沒有跟你們敵對的意思。只是希望你們能說出跟蹤我的用意為何。」

我對他們投以微笑。

星兔族見狀後，對彼此交換了眼神。

「堤兒，有可能被這傢伙察覺了，不能放他離開……但可別殺了他。」

「我明白。夏娃身邊的小角色會成為一張好牌呢。」

兩人以驚人的氣勢一躍而起。

星兔族的特徵就在於這驚人無比的腳力。

……太讓人訝異了。他們竟然打算活捉我。

而且還把我稱作是夏娃身邊的小角色。被低估到這種地步，就算我是個溫厚的紳士也會湧起殺意。

嗯，我原本打算最壞的情況就是講個站不住腳的藉口，說什麼自己是來布拉尼可買美酒，但既然他們選擇直接襲擊，我自然能採其他選項應對。

他們似乎能配合彼此動作，以夾擊的方式朝我襲擊過來。

女人從正面，男人則是從我的背後逼近。

然而我就算不用回頭，只要用【劍聖】的技能【看破】，即可探測到踏入我劍域的所有事物。

進入可以將一瞬間的時間延長的集中狀態。

男人以最短距離，最快速度拿著小刀朝我背後突刺。

是有兩把刷子，但我並非無法應付。

從小刀的形狀看來，上面恐怕塗有毒藥。

我雖然成功閃躲，卻也因此造成姿勢不穩，女人趁機拿小刀砍了過來……但其實是虛晃一招，真正的攻擊是以踢擊瞄準下巴。我用掌心擋下這一踢後，往後跳減輕傷害。

「你們也太過分了吧！我明明就說要先談談的，竟然冷不防就襲擊我！……既然你們對我這麼做，那我不是非得戰鬥了嗎！我其實根本就不想戰鬥啊！」

星兔族的男女臉上浮現了疑惑的神情。

開始愉悅起來了。這樣一來，我就能心無旁騖地復仇了。

畢竟他們可是拿著塗毒小刀砍過來，還朝著我的下巴狠狠踢了一腳。

這些傢伙就算被殺，也沒辦法有怨言吧。

「喂，我聽不懂這傢伙在說什麼耶。」

「我也是。他該不會腦子不正常吧。」

為什麼要說這麼傷人的話呢？

在純粹的暴力之後居然是言語暴力啊？

他們傷了我像玻璃一樣纖細的心。到底是想加深多少罪行才肯罷休？

算了，他們來得正好。我正好想找星兔族問話。

還在那個村落的時候，我就一直想隨便抓個兩三隻過來，下藥搞壞他們的腦子進行拷問，要他們把所有內幕都吐出來。

可是村落裡面的星兔族實在很不上道。因為他們表面上是很歡迎我的，沒有給我下手的機會。

畢竟我對不會傷害我的人很溫柔。

不過實在是謝天謝地，終於有可以任憑我宰割的星兔出現在我的面前。那我當然沒理由放過這次機會。

「啊，真殘忍。實在太過分了。得讓你們贖罪啊。」

我進行一次深呼吸，接著擺出架式向他們招手。

男子看了後覺得不是滋味，再次朝我飛撲過來。

而我配合他進攻的時機，發動了神速的移動技【縮地】。

接著再順勢使出神速的拔刀斬……透過【劍聖】職階開發出來的祕奧義【斬月】。

除了他自己的突進速度，還加上我搭配這兩種神速使出的超神速，交錯的速度之快，讓星兔族的男人甚至還沒察覺自己被做了什麼，就已身首異處。

反正有兩隻，殺掉一隻也無所謂。既然要拷問的話，與其選男人當然選女人。

「咿！尼爾森！」

女人逃走了。

伙伴都被殺了竟然不打算報仇，而是選擇拔腿就跑。實在是人渣。看來有必要教育一下。

她試圖以星兔族特有的強韌腳力強行逃跑。就連我都可能無法追上。

只是，我根本沒必要追上去。

不管她跑得多快，這裡只是一條直線。

「比起用跑的，飛刀的速度更快。」

我撿起男子拿著的塗毒小刀扔了出去。

刀刃深深地刺進星兔族女子漏洞百出的背部，她應聲倒下。

看樣子，她的身體已經麻痺無法動彈。

噢，塗在上面的是麻痺毒藥啊。

居然用這種東西砍我，也太過分了吧。罪狀又追加了一條。既然男人沒兩下就死了，就讓這女人連他的份一起贖罪吧。

我緩緩走到她的旁邊，狠狠踩碎了她的膝蓋。

「咿呀啊啊啊啊啊啊啊啊啊啊！」

好，這樣一來就算毒素退去她也逃不了了。

星兔族的腳程很快，要是被她逃跑可就麻煩了。

我一把抓住那女子的頭髮，讓臉部朝上。

仔細一看，這女人有緊實的身材，個性堅毅的臉蛋，黑髮綁成馬尾、白色兔耳朵以及可愛的圓尾巴。

算是個挺標緻的美女，而且還很惹人憐愛。

話說起來，因為我久違地一個人過夜，現在有點慾火難耐。

好，反正要用拷問的方式讓她吐出情報，那就先下藥後再侵犯她，讓她快活地坦承一切！這樣對彼此來說都是皆大歡喜。

……嗯，只是這樣沒辦法給她足夠的痛苦啊，根本稱不上是復仇。看來對女人心軟，是我少數的弱點之一呢。

◇

我隨便找了間空屋，和女星兔族翻雲覆雨。

「求求你，再給我、再給我更多，給我藥，還有那個！」

女星兔族全身赤裸，跪在地上懇求我的恩寵。

我說只要讓我有那個意思就會給她之後，她開始努力地侍奉我。

她舔得很仔細，舌頭的溫度很高，是我不太有機會體驗到的快感。

由於她不習慣男人，技巧有些拙劣，但我正好對女人感到飢渴，因此心情還不壞，這種程度還可以忍受。

她的外表其實也不差。

尤其是這雙充滿肉感的腳實在令人垂涎三尺。星兔族的腳真是不錯。

由於她讓我感到愉悅，因此我按照約定疼愛她。

把她推倒之後，讓她抱著大腿，接著我用那話兒開始磨蹭豐腴大腿以及蜜壺，這就是所謂的股交。

拜星兔族的優質大腿所賜，比直接插入更加舒服。

豐腴的大腿會整個交纏上來，和蜜壺入口的觸感實在莫名契合。

由於我用那話兒磨蹭她因為興奮高潮而勃起的陰蒂，女星兔族再次達到高潮。

我也差不多要吐出精華了。

儘管大腿也不壞，但要吐出精華的首選果然還是蜜壺深處。

我用力往前一頂射在陰道裡面，星兔族放聲大叫。

不知道是不是因為在藥效過強的狀態下高潮，她在激烈的痙攣後露出了空洞的眼神，一動也不動了。

「壞了嗎？也罷。」

反正沒有辦法問出更多情報，我也慢慢開始膩了。差不多該結束了。

我砍下了她的頭，殺人滅口。

無論是情報來源還是女人，對我而言都已經沒有必要。

我用星兔族的蓬鬆白尾巴擦拭被精液和愛液汙染的那話兒後，開始興奮了起來，同時也對

自己為何不再多享受一下感到有點後悔。

「原本以為她是基層人員沒抱太大期待，但是她身上的情報比想像中還多啊。」

這個女人洩漏了不少情報。

星兔族和魔王的聯繫。

發現我就襲擊過來的理由。

派遣諜報人員到布拉尼可的意圖。

那個瞇瞇眼的星兔族……加洛爾比想像中還有一手。

就結果來說，找到這兩個傢伙算我運氣不錯。

因為不僅獲得情報，還讓我身心舒暢。

好啦，太陽差不多快下山了。來尋找今晚的旅社吧。

在布拉尼可等待【劍聖】到來的第一天，有了不錯的開始。

第二話 回復術士與黑騎士戰鬥

來到布拉尼可後過了三天。

由於剛抵達布拉尼可時我一時疏忽大意，犯下被星兔族發現的醜態。

現在學到教訓後，已經用【恢復】改變了模樣。

雖然對剎那她們不好意思，但畢竟我能做的事情不多，就暫時放鬆一下吧。克蕾赫要趕來這裡，最快也還需要四天的時間。

「……再這樣下去我會變成廢人啊。」

由於我目前手頭也相當充裕，所以這陣子都隨心所欲地過著放蕩的生活。

再這樣下去身體會變遲鈍，還是稍微運動一下吧。

我這樣下定決心後移動到外頭。

◇

我移動到森林進行狩獵。

說到能做的事情，也頂多只想到升級而已。我對此自嘲地露出苦笑。

基本上，我從以前就沒有像樣的興趣。

栽種蘋果，進行狩獵，有時間的話就把蘋果製成甜點拿到鎮上販賣賺取零用錢，除此之外，就是幻想總有一天能成為英雄而揮劍訓練。

這樣實在太空虛了。我還是來找個像樣的興趣吧。

這方面同時也是我今後的課題。

為了要度過充實又幸福的生活，我得找到人生的樂趣才行。

乾脆就從釣魚開始好了。我邊在腦內胡思亂想邊狩獵魔物。

「雖然很久沒拿弓了，但我的箭術似乎沒有退步啊。」

以前待在村裡時會拿弓出外狩獵，所以我對這類道具還算得心應手。

這不是從其他人身上複製而來的經驗或是技術，而是我自己練就的技巧。

拿弓箭狩獵很適合我的個性，玩起來挺有意思。

說著說著，我又射殺了一隻魔物。

這次射殺的是小型的松鼠魔物。儘管體型很小，但這種魔物卻擁有凶惡的牙齒和下巴，力量足以輕易粉碎人類的頭蓋骨。

這種魔物擁有能提升速度的適合因子，而且剎那等人尚未吃過。好好燻製之後帶回去給她們吧。這樣一來，她們又會變得更強。

況且……

「仔細找找還是能找到嘛。」

我一邊尋找魔物，同時仔細地觀察周圍。

這是為了尋找用來製作恢復藥原料的藥草以及蘑菇，可以滿足我的興趣和實際利益。因為平常總是時間緊湊，沒有空做這種事。

儘管這裡位於城鎮附近，我還是找到了擁有毒效或是具有強大功效的素材，對這個成果感到十分滿意。

畢竟是在魔族領域的範圍，所以這一帶的大氣和大地都充滿了濃厚的魔力。

「要用來做什麼呢？」

難得取得了這麼出色的材料，要是不用來製作新的藥劑實在可惜。

如果是媚藥類型的藥劑，我已經完成幾樣令人滿意的成品，也實際用在剎那她們身上檢驗過功效。是時候嘗試製作其他藥劑了。

如果有麻痺毒素和神經毒素的藥劑似乎會很方便。

實際上，星兔族所使用的毒就非常好用，如果是我的話，肯定能做出更優秀的毒藥。

自白劑雖然也是很有魅力的選項，但對可以用【恢復】窺探他人記憶的我來說沒有必要。

就把今天採來的藥草，搭配平常在狩獵時一點一滴存下來的魔物毒素，嘗試做看看前所未見的麻痺毒藥吧。

……看樣子完成了不錯的成品。這種麻痺毒藥能讓對方連一根手指都動彈不得，並且在意識清楚的情況下給予痛苦，讓他們萌生不如一了百了的想法。

這種毒藥的優點，在於對方甚至無法咬舌自盡，再加上根本無法出聲，能讓我安靜地觀賞掙扎的過程。仔細想想，這就是我現在的興趣。

好，今後我要比以前更加勤奮地製作藥劑。這應該算是非常有生產性的興趣吧。

◇

狩獵魔物和採集藥草的流程告一段落後，我從森林返回城鎮。

畢竟有好好運動過了，看樣子今天能睡個舒服的好覺了。

此時，我握住了劍柄。

「……這種騎法還真是亂來啊。」

從遠處傳來了聲音。

是馳龍的腳步聲，而且非常激烈，感覺是非常勉強馳龍的跑法。想必發生了什麼爭執。

我發動【翡翠眼】強化視力，把視線朝向該處。

如果是【翡翠眼】的話，就算距離再遠也能清楚看見對方。

「啥！」

我不禁發出了變調的聲音。

騎著馳龍奔馳的人是【劍聖】克蕾赫。

她的銀色秀髮隨風飄逸，同時拚命地鞭打馳龍往前奔馳。然而馳龍的嘴角已口吐白沫，看起來隨時會倒下。

不可能。我的確有叫克蕾赫趕來布拉尼可。然而考量到天數，這封信應該還沒送達她手中才對。

而且狀況不太對勁。

克蕾赫平時很在意自己的服裝儀容，但她現在不僅衣服髒亂，頭髮也凌亂不堪，看起來就像沒有時間好好整理。

「難道有人在追她嗎？」

她的後方有兩頭馳龍以及騎在上面的騎士。

看來克蕾赫是在逃避那兩名騎士的追趕。

克蕾赫乘坐的那頭馳龍由於不斷勉強奔馳，翻了白眼倒在地上。

應該是被狠操到體力不支了吧。

然而儘管馳龍突然倒下，她也馬上反應過來華麗著地，並拔劍擺出架式。

兩名騎士見狀也命令馳龍停下，拔劍準備進行突擊。

看樣子克蕾赫似乎打算和他們交手。

但眼前這狀況實在讓我匪夷所思。

假如克蕾赫是因為被追上才決定拔劍，那她為什麼不更早迎擊對方？擊倒區區兩名騎士，對克蕾赫來說應該輕而易舉才是。

我衝入森林之中，像風一樣在蜿蜒的街道上硬抄近路衝刺。

正常來說應該沒必要支援她……

但我卻有股不祥的預感。

……不過這張臉說不定會被她誤以為是敵人。

「【改良(Heal)】。」

我變回凱亞爾葛的模樣。

眼看克蕾赫與騎在馳龍身上的兩名騎士一觸即發……我在那之前跳入騎士和克蕾赫的正中間，拔出腰間的佩劍。

「克蕾赫，妳比我想像中還要早到啊。」

我這樣說完，克蕾赫像是相當詫異，瞪大了她那天空色的美麗雙眼。

「凱亞爾葛？為什麼？難道你是來救我的？」

「如妳所見。」

就算看到我，騎在馳龍身上的騎士也毫不在意，就這樣揮劍衝了過來。

一個人衝向克蕾赫，另一個人則是朝我襲擊而來。

我閃開攻擊，用劍朝騎士的手腕劃了一刀。於是他的動脈遭到砍斷，頓時血如泉湧。

……罪狀確鑿，他不僅朝我砍了過來，甚至對我的所有物(克蕾赫)出手，當然是死有餘辜。

「凱亞爾葛，不要大意！」

正在應付另外一名騎士的克蕾赫這樣大叫。

「……不會吧。這傢伙真的是人類嗎？」

儘管血如泉湧，騎士卻轉過身子，若無其事地再次朝我揮劍。

我擋下他的攻擊。

好沉重。難以想像這是普通騎士的筋力。

這股力量是怎麼搞的？

都已經大量失血，揮劍的威力卻絲毫沒有減弱，根本不合常理。

我以魔力強化自身筋力，用蠻力彈開劍後，騎士和我拉開了距離。

他不僅沒有因為失血而倒下，傷口還已經止血，甚至連噴出的血都化為黑霧回到他身上。

「克蕾赫，這些傢伙是什麼來頭？我唯一能肯定的就是他們不是人類。」

「我也不清楚……但至少他們從前曾是人類。」

克蕾赫或許已經習慣和這些傢伙戰鬥，攻擊時總是會瞄準腳部。看來把腳砍斷保持距離就能爭取時間。

不過基本上，被砍斷的腳要不是馬上接回去就是直接長出來，對方馬上又會襲擊過來。

我不想再繼續奉陪下去了。

既然劍對他們沒用，就不需要拘泥於刀劍。以其他方式有效地處分他們吧。

我這麼思考後，就用【改良】更換技能，將狀態值重新配點為魔力型。

此時，拉開距離的騎士騎著馳龍，在加速的同時朝我突進而來。

我把手向前伸直，然後……

「既然砍不死的話，就把你們燒成灰燼。第四位階魔術【炎嵐】。」

我釋放火焰魔術。

和芙蕾雅不同，我本身沒有令威力上升的特技，只能把狀態值徹底分配到魔法攻擊力來彌補威力的不足。

話雖如此，我也無法像芙蕾雅那樣使用第六位階之上的超越魔術。所以使用的是上級魔術的第四位階【炎嵐】。

這招魔術正如其名，能創造出火焰龍捲風。

中招的騎士和馳龍一起遭到火焰團團包圍。

克蕾赫狠狠地踹開自己對付的騎士，讓對方硬生生地遭到這股火焰龍捲風吞噬。

在對付再生能力超群的魔物時，用燒的方式效果最為顯著。

只要化為灰燼，自然沒辦法再生。

「凱亞爾葛實在很超乎想像呢。想不到你不只會用【恢復】和劍術，居然連魔法都能運用自如。」

「我對自己深藏不露的程度很有自信。克蕾赫，妳剛才說這個怪物原本是人類對吧，妳知道什麼內幕嗎？」

「我認識他們。這兩個人直到最近都是一般騎士。可是如你所見，他們已經變成怪物……要是稍有差池，我也會變成那樣。」

纏繞著暗黑魔力的人類。

這句話浮現在我的腦海。

難道說，吉歐拉爾王國已經獲得能將人類改造成這種怪物的技術了嗎？

「無論如何，幸好我有及時趕上。這都要感謝那封信有提早送達。」

「為什麼凱亞爾葛會知道布列特神父寫的信？」

「妳在說什麼？」

「……我是多虧布列特神父提前告知，才能逃離吉歐拉爾王的魔爪。吉歐拉爾王為了獲得最強的棋子，打算以暗黑之力染指我和布列特神父，變得像剛才的騎士那樣。布列特神父察覺到他的企圖後為了讓我脫逃，決定犧牲自己。」

布列特神父犧牲自己讓克蕾赫脫逃？

真是不好笑的笑話。

那個專門侵犯少年的同性戀精神病患居然會做出像個好人的事？

我注視克蕾赫的眼神。

……至少她看起來不像在開玩笑。

「克蕾赫，待會兒再詳細告訴我吧。所以妳不是看到我的信，而是聽從布列特神父的建議而逃走的對吧。」

「沒錯。」

「不過話又說回來，真虧妳能順利逃走。畢竟對於只能使用劍技的克蕾赫來說，剛才的敵人肯定是最難應付的吧？」

「是啊。每當我被他們追上時，就會殺死他們作為移動手段的馳龍或是直接搶過來，把他們狠狠砍碎成一片一片的肉片……但就算這麼做，充其量也只能拖延時間，因為他們馬上就會復活。況且對方和我不同，絲毫感覺不到疲勞，害我無法徹底甩開他們。拜此所賜，我已經有兩天左右都沒能好好休息了。」

真是場惡夢。

……最壞的假設，是吉歐拉爾軍的騎士以及士兵都已經變成了這副德性。

從劍擊交鋒的觸感即可明白，他們變強得令人難以置信。

而且還是不死之身。實在不敢想像以這種騎士組成的騎士團會有多麼棘手。

想必任何一個國家都贏不了。因為能使用高階火焰的魔術師屈指可數。一旦遭到攻打，轉眼間就會全軍覆沒。

「喂喂，開玩笑的吧？居然能做到這種地步……」

明明已經被燃燒到化為灰燼，但是煙和灰卻聚集在一處，再次化為人形。

我從未看過如此荒謬的再生方式。就連以再生為強項的魔物都不可能辦到。

看來得用最後手段了。

我衝到逐漸變回人形的兩名騎士旁邊，用手觸摸他們。

「【改惡(Heal)】。」

我使用了我的【恢復】之中最具攻擊性的恢復。

那股力量能將對方改變為錯誤的型態。

騎士們完全修復……然而卻成為了我改變後的型態。

「凱亞爾葛，這到底是怎麼辦到的？」

「我把他們改造成不具有人類功能的形狀。」

這也兼顧了各式各樣的實驗。

其中一人的血從心臟流出後無法再流過其他臟器，而是直接流回心臟。

另外一人的手腳可動範圍被我變為零。

雖然死不了，但他們卻一步也無法移動。

所以他們只能一邊呻吟，一邊扭動身軀，什麼都做不了。

「為什麼他們無法再生？」

「他們依然在進行再生。只是我的【改惡】扭曲了正確的型態。這個一步也動彈不得的狀態，就是他們完成再生後的模樣。到這個地步，死不了反而更加可悲。」

我用土魔術挖了洞後，把騎士扔了進去，用土埋了起來。

「這就是，凱亞爾葛的力量……太驚人了。」

「只要能碰觸到本體，就沒有我無法破壞的事物。」

而且，【神裝武具】蓋歐爾基烏斯甚至幫我克服了這個弱點。一對一的話，恐怕已沒人是我對手。

「比起那個，克蕾赫，幸好妳平安無事。我聽說吉歐拉爾王國局勢緊張，實在是坐立不安，所以就寫了封信說我會在布拉尼可等妳。幸好我還能像這樣再次見到妳。」

我抱緊克蕾赫，她頓時面紅耳赤，也用力地抱緊我。

「我也很開心能和你重逢。當你出手相救的時候，我甚至快哭了。」

克蕾赫的眼眸浮出淚水。

我們的嘴唇交疊。克蕾赫沒有抵抗，我順勢把舌頭交纏上去。

由於直到剛才都處於攸關生死的狀況之下，她的本能正試圖留下遺傳因子。我可以感覺到克蕾赫在興奮，她還進一步用大腿內側磨蹭我的身體。

「我已經找好旅社了。等我們移動到旅社後再繼續吧……還是說，最好先讓妳休息一下？畢竟妳一直都沒睡吧。」

「不，我希望你先疼愛我。等我清洗好身體後立刻來做吧……因為我無時無刻都思念著凱亞爾葛，整個人都覺得好不對勁。」

克蕾赫以淫靡的眼神勾引我。真是好孩子，今天就好好疼愛她吧。

疼愛克蕾赫千錘百鍊的成熟肉體是有別以往的樂趣，看來可以享受一番。

第三話 回復術士解讀遺書

回到旅社的我和克蕾赫，拿了熱水沾濕布後清潔完身體，才開始相愛。

就算是不太介意女性汗水和味道的我，要擁抱全身都濺滿了不死身騎士所噴鮮血的克蕾赫，還是有些難度。我們兩人一絲不掛地坐在床上。

「我一直好寂寞。」

克蕾赫露出微笑這樣說道，她的眼神淫靡，是雌性的眼神。

剛相遇時，實在難以想像她會變得如此淫蕩。這讓我的胸口湧起了一股成功染指她的成就感。

「我不在的這段期間，妳應該沒有找其它男人慰藉自己吧？」

「不可能。我不會和凱亞爾葛以外的人結合。」

「好孩子。」

我將她推倒在床上，味道真香。

是股混雜了克蕾赫本人味道的甜美香味。

由於我實在無法想像將生涯奉獻給劍的克蕾赫會噴上香水，讓我感覺很不對勁。

「這香味是肥皂的味道吧？而且還是特製的。」

那是把附加了香味的油製成固體的物品，貴族之流對此愛不釋手。

「之前吃飯的時候，凱亞爾葛曾說過有種香草的味道很香，我偶然找到了和那有同樣味道的肥皂，所以從那之後就一直在用。」

「難怪我會中意啊。」

畢竟這和我喜歡的味道一樣。

無論是她願意記住我不經意的一句話這件事，還是她願意為了我使用肥皂的事，都著實令人開心。

因為這表示她對我有強烈的好感，才會願意持續這麼做。我把手從大腿緩緩地往上攀升。

克蕾赫的毛不多，拜此所賜，我可以清楚掌握形狀。

我一伸入指頭，發現裡面已有些微溼潤，但是還不夠濕。

要是直接插入的話勢必會讓她很難受，還是做足前戲吧。

「凱亞爾葛的手指果然完全不同，非常舒服。」

「妳有在自我安慰嗎？」

「那個……偶爾會。偶爾會一邊想著凱亞爾葛一邊……」

和當初道別時相較之下，她的陰道確實較為習慣我的撫弄。

但我像這樣用手指頭逗弄就可感覺出來變化幅度不大，想必偶一為之並非謊言。

克蕾赫的呼吸開始急促。

我維持手部動作持續逗弄私處，並用嘴巴吸吮克蕾赫的乳頭。

克蕾赫的胸部形狀姣好，位於上頭的櫻花色乳頭已然高聳挺立，每當舌頭從上方滑過，就會讓克蕾赫的身體猛然躍動。

「討厭，那裡……有種好不可思議的感覺。」

克蕾赫的乳頭很敏感。由於我逗弄私處和敏感的乳頭，她的那裡也漸漸溼潤，開始滑順起來。

我溫柔地撥開陰蒂的包皮，用指腹溫柔撫摸，同時輕咬乳頭。

「嗯嗯嗯，嗯！嗯嗯……嗯嗚嗯嗚！」

克蕾赫達到高潮，拚命壓抑自己聲音這點也很惹人憐愛。

看樣子前戲已十分足夠。

「我可以進去了嗎？」

「嗯，當然。你的那裡好大喔。」

「因為克蕾赫淫亂的模樣讓我很興奮嘛。」

「是因為我才變成那樣的啊。」

插進去吧。原本想在插進去前讓克蕾赫舔我的男根，確實做好事前準備。但我現在只巴不得儘快挺進她的蜜壺之中。

所以，我決定付諸行動，一口氣插入到最深處。

「啊……啊啊……嗯！」

光是這樣，克蕾赫就一陣一陣地輕微高潮。

我還沒有把她開發到光是這種程度就會高潮。恐怕是精神層面的快感所致。

克蕾赫的私處縮得又熱又緊。

非但如此，她還幾乎下意識地抱緊我，整個人纏在我身上。

克蕾赫這個女人，在床上比任何人都還會撒嬌。

每當我擺動腰部，就可得知與我貼在一起的克蕾赫有何反應，十分有趣。

「啊！嗯，凱亞爾葛，我深深地感受到凱亞爾葛，我好幸福！」

「我也感覺得到克蕾赫。今天我就徹底把精華灌進去，好彌補一直以來讓妳感受到的寂寞。」

「我好開心！」

她的蜜壺縮得更加緊實。說來慚愧，我也差不多要到極限了。

克蕾赫還緊緊纏在我身上，加上我原本就沒有拔出來的意思，所以把精華盡情地噴灑在裡面。

「啊！啊啊！啊啊……啊！啊啊！啊啊啊啊啊啊啊！」

克蕾赫似乎也達到高潮，我感受到她全身都在顫抖。

看樣子，這次她沒有壓低音量的餘裕。

直到精華全部噴灑出來為止，克蕾赫始終不放開我，而她的蜜穴也為了盡可能榨取精液而不斷蠕動。

當我一拔出來，克蕾赫的愛液已經起泡。

「吶，凱亞爾葛。我……還想被凱亞爾葛疼愛。」

克蕾赫氣喘吁吁，同時把手腳趴在床上，把自己的私處呈現在我的眼前。

然後像是在誘惑我似的動了起來。

看來她似乎還覺得不夠過癮。

「好吧。」

我也正好想要繼續品嘗克蕾赫的滋味。

我就奉陪到底，直到克蕾赫累倒為止吧。

湧起這種想法後，我粗魯地抓住她的腰部，開始像野獸似的瘋狂侵犯她。

克蕾赫正在熟睡。

逃亡累積的疲勞、遇見我的安心感，再加上性愛的快樂種種狀況影響之下，讓她無法繼續

保持清醒。

我也沒想到在那之後會進行六連戰。

真不愧是【劍聖】，和剎那等人的體力截然不同。

「想不到那個克蕾赫居然會變成這樣啊。」

真的是很久沒有和克蕾赫相愛了。

看樣子和我分開的這段時間她相當寂寞，不然實在很難相信克蕾赫會那麼瘋狂渴求我。

她不僅有美麗又勻稱的身材，壺壁的觸感也令人驚豔。

再加上她體力過人，連夏娃等人無法辦到的體位也都會開心嘗試。所以這段時間真的是非常愉悅。

她的睡臉也很漂亮。

我輕輕地撫摸她自豪的銀色秀髮。觸感柔順，摸起來相當舒服。

既然該幹的事情也辦完了，我也該開始思考正事。

來想想克蕾赫帶來的情報吧。

「……實在令人難以相信。那個布列特竟然會幫助別人。儘管我從以前就覺得他很會做表面工夫，但實在沒想到會做到這種地步。」

我從克蕾赫手中收到了布列特要給我和芙列雅的信封。

我看了看這封信以及他所調查的各式各樣的資料，內容實在讓人煩惱。

尤其是寫給克蕾赫的這封信。

……內容充滿了對克蕾赫的關懷以及自我犧牲的大愛，讓那個專攻少年的同性戀精神病患看起來就像個好人。

實際上，對克蕾赫來說確實是個好人。他是父親的朋友，一位和藹可親的叔叔。

除了對同性少年有著扭曲性癖以外，布列特這個男人基本上可歸類為好人。然而這唯一的缺點卻非常致命。

我不可能原諒他。

我只不過是其中一名被害者。

那傢伙一直以來侵犯了無數少年，為了保存甚至會痛下殺手。在這個世界肯定也是如此。

我不可能眼睜睜看著那種人渣被當成正義的伙伴。

即使他對克蕾赫來說是個好人，我也要完成復仇。

但是，我的復仇計畫卻發生了巨大的障礙。

「可惡！吉歐拉爾王！竟然搶走我的獵物！」

我老早就想好該如何對布列特復仇，但如今這個計畫也泡湯了。

照當初的預定，我打算把自己當作誘餌。

在第一輪的世界，那傢伙的口頭禪就是不停嘮叨著我好可愛，是他理想中的少年什麼的，對我相當執著。

換句話說，只要我以凱亞爾的模樣出現在他面前，想必他無論使用什麼手段都會想把我占為己有。

一旦他得到我，就會試圖對我發洩自己的性慾。

……到時候肯定會露出破綻，我就能趁那瞬間對他施打特製的痲痺毒藥，慢慢地享受我的復仇。用這種方法不僅可以輕鬆令他無法抵抗，也塑造了完美的復仇藉口。

事情原本是這樣才對。

然而，如果要相信克蕾赫的話和布列特那封信，那就意味著布列特已經變得和那兩個騎士一樣了。

對那種迎來悲慘下場，空洞又沒有任何自我意識地活著的殭屍復仇，根本毫無意義。

就算破壞一個只會動的人偶，也無法讓他感受到恐怖、痛苦、絕望以及憤怒，怎麼能平息我心中這股怒火！

我想要向布列特復仇。要在他的內心留下陰影，讓他只要看見少年就想吐。必須要把他逼到這個地步，才稱得上是完成復仇。

可惡，明明我好不容易才重頭來過，居然無法對最想復仇的傢伙復仇……

怎麼可以忍受這麼不講道理的事情發生！

「不，仔細想想。那個男人會輕易落入敵人的手中嗎？那個男人肯定做了什麼才對。我應該很清楚那傢伙究竟有多難纏，多麼不善罷甘休。」

絕對不讓盯上的獵物逃走的執念。

無論在何種絕望的狀況下都能生還的生存能力。

就這個層面來看，我不知道比他更能幹的男人。

……我一路看著他的背後，學到了很多東西。

我小心謹慎、有備無患的個性正是從那傢伙身上學來的。

簡而言之，布列特是我復仇的對象，但同時也是我的老師。

區區古歐拉爾王，有辦法操弄那個布列特嗎？

別開玩笑了。

更何況他事前收集到了這麼多情報……那傢伙絕對不會放棄自己。

他肯定動了什麼手腳。

……恐怕把情報洩漏給我和芙蕾雅，甚至是讓克蕾赫通風報信，其中都有某種意義才對。

如果布列特還保有自我意識，那我還有復仇的機會。

「我絕對不會讓你逃走，布列特。在我把你破壞殆盡之前，我的復仇是不會結束的。」

那傢伙肯定也在渴求我的出現。

他應該已經看過凱亞爾的肖像畫。

而且在湧起興趣後還調查過我的行蹤。

那傢伙百分之百會迷戀我。他肯定會追求我。

雖說承認這點讓我很不是滋味，但是在某種意義上，我們或許算是兩相情願，在強烈渴求著彼此。

好想快一點見到你啊，布列特。

我沒有主動叫醒克蕾赫，而是等她清醒。

畢竟她無論精神力還是體力都著實消耗不少。

所以我決定等她自然醒過來。

儘管【恢復】能治療肉體上的疲勞，但無法連心靈的疲憊一同治癒。

現在就先讓她休息吧。

而我趁著這段期間，反覆熟讀布列特留下的資料。

真虧他能調查到這麼多內幕。

魔王與魔族之間的關聯、很有可能遭到汙染，擔任要職的人類。

吉歐拉爾王企圖征服世界的具體方案。

然後，還有克蕾赫與我之間的交流。

……那傢伙打算透過我，將吉歐拉爾王國的窘境告知芙列雅公主。

然後，有件事令我在意。

就是關於【勇者】的資料。

上面寫著關於【勇者】的存在意義。

內容不像那種站在人類的角度所描述的冒險故事或是神話，希望勇者的形象就該是這樣的願望；而是把勇者視為裝置，論述勇者對這個世界來說有何作用。

這份資料一旦公開的話可是死刑啊。

這是對【勇者】的褻瀆。

然而，試著閱讀內容之後，才發現內容莫名有說服力。

可以理解世界之所以要令勇者誕生的意義。

我作為一名【勇者】接受了文件的觀點，自然而然地加快了翻頁的手速。

下一個令我移不開視線的，是解釋有關【勇者】這個系統的項目。

關於【勇者】的基本事項。

1.世界上只會同時出現十人。

2.當勇者未滿十人的時候，就會誕生新的勇者。

3.被選為勇者的那一刻，是在成人獲得職階(Class)的當下。

4.勇者不存在等級上限。

5.勇者和隸屬隊伍能獲得一般的兩倍經驗值。

6.給予他人體液就能解放對方的等級上限。精液的成功率很高，除此的成功率極低。

到這為止我也知道。

問題在接下來的項目。

7.當勇者未滿十人的時候，一般來說，直到選出下一名勇者需要花兩年的歲月。

8.在7的期間中，倘若有人符合死去的勇者擁有的條件，就有可能被選為下一任勇者。

……根據過去的文獻，只要符合資格之人前往特異點，就可以吸引這股力量。

我不知道這兩件事。我看了其他資料，發現所謂的特異點就是類似我獲得【翡翠眼】的場所，連接精靈界與人界的地方。

星辰的排列尤其重要這點，也和【翡翠眼】的取得條件相同。

我攤開地圖。解讀了布列特的資料，在地圖上標記了幾個特異點的所在位置。再來是計算星辰週期，從特異點之中挑出一個正好會遇上星辰排列時機的地點。

「不會吧？特異點出現的時間是後天，距離這裡五十公里的地方……而且現在缺少的勇者是【劍】。這是巧合嗎？」

特異點恰巧位在能趕上的位置，星辰排列碰巧是在兩天後，巧合的是現在缺少的是適合克蕾赫的【劍】。在這世上沒人比她更適合【劍】這個稱號。事情順利到這種地步，讓我甚至覺得是刻意安排。

後面傳來了聲音。看樣子克蕾赫醒來了。

「早安，凱亞爾葛。」

「早安，克蕾赫。」

由於我們度過了一段熱情的時光，克蕾赫一臉害羞。

而且她正用眼神央求著我。我露出苦笑，讓彼此的嘴唇交疊。克蕾赫真是愛撒嬌。

「凱亞爾葛，我有個請求。」

「……是關於勇者那件事嗎？」

「嗯，我今後會和凱亞爾葛並肩作戰，畢竟我不能丟下吉歐拉爾王國不管。如果要和你一起戰鬥，憑我現在的力量是不夠的……所以，我想要獲得勇者的力量。就算我看了布列特神父留下的資料，也對特異點的場所以及出現的時間完全沒有頭緒。可是你應該看得懂對吧？」

「妳說得沒錯，我已經解讀出時間和地點了。」

我之所以會猶豫，是因為看了資料後發現就現實層面考量，能夠抵達的場所只有一處符合，要是我們無法在兩天內抵達，接下來就得等上一年，我們將失去這個地點以外的所有選項。

總之，我感覺場所和日期似乎都像是刻意指定……換個角度來說，對方可以輕易對我們設下陷阱。就像是有人懷著惡意散播假情報把我們引誘過去。

但是，要解讀這份資料需要相當專業的知識。

從這個層面來看，用這種方法設下陷阱反而是種豪賭。

「明白了，我們走吧。妳看一下地圖。從星辰的排列來看，後天晚上會在離這裡五十公里遠的地方出現特異點……如果放過這次機會，下次就得等一年了。」

「那我們非去不可了呢。」

克蕾赫的眼神閃耀著堅定不移的決心。

就算這很有可能是陷阱，我也不能放過讓克蕾赫成為【勇者】的機會。

所以我們也只能去了。就算有陷阱，我也能見招拆招。

「我們明天早上就出發吧。在那之前還有時間，我還想要繼續跟克蕾赫好好溫存一番。」

「其實我也是這麼想。但我不想讓你認為我是個不矜持的女孩，所以才沒說出口。」

克蕾赫馬上就把身體壓過來，身上發出一種甜美的香味。

「我喜歡好色的女孩喔。馬上來相愛吧。」

她面紅耳赤地點了點頭。

然後，我把她推倒在床上，貪求著她的香唇。

不管是不是陷阱都無所謂。如果是陷阱，我就把陷阱粉碎，讓對方因為陷害我而後悔。

第四話 回復術士朝特異點前進

我和克蕾赫一起從布拉尼可踏上歸途。

由於離開了布拉尼可，我也得以變回凱亞爾葛的長相。

畢竟鎮上有星兔族派出的間諜，除了旅社以外的地方我都必須改變樣貌。

真正的臉果然有種紮實感……雖說凱亞爾葛的長相也是假的，但畢竟用了很長一段時間，已經有了感情。

比起凱亞爾的臉，這張臉更讓我中意。我不喜歡凱亞爾的長相，太過可愛，一點男子氣概都沒有。

更何況還會讓我想起討厭的事情。

然後，我們現在正在森林裡與魔物戰鬥。

我透過探測用的魔術，感應到有魔物想從克蕾赫的死角襲擊。

原本想提醒她注意一下……但還是作罷了。

畢竟她應該能確實「看見」才對。

更何況她根本沒有破綻。就算對手從死角襲擊，她也能毫無問題地應對。

因為她擁有【劍聖】技能【看破】，能以肌膚感覺在自己劍圍的一切狀況。

……她展示了這股力量。

一隻長著紫色體毛的豹從克蕾赫的身後襲擊過來。這隻魔物完美地消除聲音和氣息。

不只是平凡冒險者，就算是超一流冒險者也無法意識到牠的偷襲。

那隻魔物的名字叫紫菀豹，通稱森林殺手，是為人所畏懼的魔物。

只要踏入劍域，克蕾赫就能透過【看破】察覺魔物靠近，但換句話說，除非魔物踏進只有數公尺的這個距離，否則克蕾赫根本不會察覺。

因此她讓魔物接近到僅僅兩公尺的距離，而且對方還是從難以應對的背後發動攻擊。要對應紫菀豹的壓倒性速度是不可能的。

……如果是一般人的話。

朝克蕾赫身後飛撲而去的紫菀豹在下一個瞬間就屍首分離，然後重重地摔落地面。

好犀利的劍勢。我只能看見在紫菀豹身上滑過的銀色閃光。

「妳的劍技實在令人嘆為觀止。」

真虧我以前被她襲擊的時候居然還能平安無事。

別說一步，哪怕是踏錯半步，我也很有可能變成這種下場。

她的實力並非來自【看破】或是【神劍】等劍聖特有的強力技能，以及用來強化它的特技。

是因為她有著能活用這些技能與特技的高超劍技，以及堅強的心靈。

「不，這還遠遠不夠。我依舊只能著眼在劍域的範圍。希望將來能把意識延伸到這個範圍之外。」

這是克蕾赫少數的弱點之一。

一旦超出劍能觸及的範圍，她的搜敵能力就會下降。

因此遇上擁有遠距離攻擊手段的對手時十分不利。

「雖說一旦進入劍域妳就有辦法察覺，但如果是弓箭和石頭，妳有辦法砍斷嗎？」

「這個嘛，只要速度低於音速，我應該有辦法應對。」

這就是【劍聖】讓人傷腦筋的原因。

徹底鍛鍊的技術，心如止水的情緒。

這並非是狀態值或技能所能彌補的。

某種意義上，這才稱得上真正的強大。

「別說我了，凱亞爾葛才厲害……我只能揮劍而已，但你真的是無所不能呢。」

「還好啦。至少現在不用為今天的晚餐傷腦筋了。」

我的手上有隻獾的魔物。這是在剛才用探知魔術找到後用飛刀解決的。

克蕾赫對我投擲小刀的本事讚譽有加。

但說實在話，我沒辦法對此感到驕傲。

……我終究只是個【回復術士】。就算我能複製技能，也無法連同特技一併複製，因此除了【恢復】以外，我僅僅只是一流，無法贏過超一流的行家。

雖說我可以複製劍技之類的經驗，但我複製的經驗是為這個經驗的持有者肉體量身訂做，所以用我的肉體出招的話會相對劣化。

正因如此，技能的組合與使用時機尤其重要。

「太陽差不多快下山了。我們準備野營吧……魔族領域的魔物很強。晚上還是老實地休息比較妥當。」

「也對。而且我肚子也餓了呢。」

我們倆相視而笑。今天的我游刃有餘，和克蕾赫兩個人相處時很輕鬆。

畢竟我平常和夏娃、芙蕾雅以及艾蓮在一起時，總是為了她們提心吊膽。

艾蓮是個徹頭徹尾的門外漢，而且夏娃和芙蕾雅也讓人大意不得。

她們終究只是有著強大攻擊力的門外漢。對出奇不意的攻擊幾乎無法招架。可能會因為一點陰錯陽差而輕易喪命，所以我必須時時刻刻盯緊她們。

然而，克蕾赫的話可以自己設法應付，完全不用我擔心。

歸功於這點，這次旅行變得相當輕鬆。

……等到和剎那等人會合後，有克蕾赫在肯定會更輕鬆。因為我不需要再保護所有人。

◇

我們開始野營。我在火上倒了一種能驅散魔物的藥劑。
這是我特製的藥劑。一旦蒸發，就會釋放出讓魔物打從心底厭惡的味道。
接著，我開始製作料理。
今天的主餐是刺蝟類的魔物。我用【淨化】去除魔物毒素，剝去外皮開始解剖。
「凱亞爾葛居然還會做料理啊。」
「要是不會煮飯的話旅行會很辛苦喔。因為我們基本上都是野營為主，難得才能在城鎮裡面休息。所以如果想吃美味的食物，當然得自己做才行。」
一旦踏上旅途肯定會增加野營的次數。外頭根本不存在餐廳那種便利的場所。
「說得也是。我在逃離吉歐拉爾王國之後，旅行時也很煎熬……」
「妳到底都吃些什麼啊？」
「麵包、鹽還有肉乾。」
「真是累人的旅行啊。要是每天都吃那種東西可是會吃不消的。」
我露出苦笑，用【改良】更換技能。
接著換上我從芙列雅公主身上複製來的【攻擊魔法（全）】。
然後用水屬性魔術準備了水。

幸好有複製芙列雅公主的技能。

四大屬性魔術可直接共用一個技能欄位，幾乎跟犯規沒兩樣。

在旅行途中，水與火的魔術尤其重要。

如果不是非常幸運，野營地附近幾乎不會有水源，而且就算取得了水，沒經過蒸餾直接生喝也會搞壞肚子。再說，在旅程中還必須攜帶沉重且體積龐大的水。

但是用水魔術可以輕鬆取得冰冷又衛生的水。光是這樣就能讓旅行時輕鬆許多。

火也很重要。原木很難燃燒。能作為燃料的乾燥木材基本上不易取得。因此最好能確保火力，這樣就可以去除原木裡面的水分強制使其燃燒。

「味道聞起來好香喔。」

「我們今天就喝湯吧。」

將調味料放進去攪拌後，再把我隨身攜帶，乾燥成固體骰子狀的豬油膏也丟進熱水融化。光是這樣就能熬成一鍋美味的湯。

我用鍋子炒了炒刺蝟肉後扔進湯裡。

等水沸騰之後，再丟入從森林裡採來的山藥和蘑菇。這次運氣不錯，還在山上採到了天然的馬鈴薯，我將這個切成一口大小後一起丟進去。

我邊把浮渣撈出來邊舀起煮沸的湯汁試了味道，接下來從包包裡面拿出鹽巴和辛香料進行調味。好，完成了。我舀了滿滿一大碗後遞給克蕾赫。

「完成了，來吃吧。」

「謝謝你，凱亞爾葛。」

今天我們就只喝這鍋湯。雖說在離開城鎮之前已經先為旅行做好準備，也有硬梆梆的烤麵包等乾糧，但多虧找到了馬鈴薯，可以確實攝取碳水化合物。

麵包就先保留起來吧。

「真好吃！我沒想到在森林裡能吃到這麼美味的料理！吸收了湯汁味道的馬鈴薯太好吃了。還有滿滿的肉塊，讓我充滿力量。」

「要再多吃幾碗也行。畢竟克蕾赫的身體好像很虛弱，妳就盡量吃吧。」

「嗯，我就聽從你的好意了。」

克蕾赫這陣子吃得很不好，導致身體變得虛弱不少。得讓她補充營養才行。

「我可以再吃一碗嗎？」

「這是最後一碗了，好好品嚐之後再吃喔。」

原本我多煮了一些湯打算當明天的早餐，但因為克蕾赫一碗接著一碗狼吞虎嚥，鍋子已經空空如也。這下得想其他菜單當早餐才行了。

……算了，反正看她吃得這麼津津有味，費這點功夫也是值得的。

我使用水魔術清洗廚具並收拾乾淨。

就在我收拾好調味料時，克蕾赫露出了不可思議的表情。

「凱亞爾葛，明明是在旅行，你還是會帶好幾種調味料在身上呢。」

「就是因為我們在旅行啊。」

我拿出來的，是固態湯底、鹽巴以及名為卡拉姆的辛辣辛香料。

「除此之外還有各式各樣的道具喔。」

光這樣就讓她驚訝的話可就傷腦筋了。

我從包包裡面拿出蜂蜜、在布拉尼可買的鹹味發酵調味料、玉米味噌以及乾燥香草。

「真令人驚訝。我以為在旅行時根本不會有餘裕去在意食物的味道。」

「那就不對了。我剛才也說過了。正因為是在旅行，我才會隨身攜帶這麼多道具。畢竟旅行並不是一兩天就能結束。旅行是漫長、痛苦，而且沒有娛樂的過程……要是一直過著辛苦難受，就連飯菜都很難吃的每一天，會很令人吃不消吧？如果只是吃不消倒是還好，最後甚至會讓內心受挫。而美味的食物會為那種艱難的旅程增添樂趣。是旅行中最偉大的藥物。」

我投以微笑後，克蕾赫喃喃地說：「原來如此。」

「也是呢……我一個人旅行時也對此很有感觸。我不想再看到乾巴巴的麵包，還有得用唾液來便於咀嚼的肉乾了。」

「不只是味道，營養也很重要。蜂蜜的卡路里含量很高，因此直接吃也不要緊，況且還能增強抵抗力，讓身體暖和起來。而甜味也擁有讓人放鬆的效果。一旦體內鹽分不足，人就會動彈不得。這邊的辛香料可以去除臭到難以下嚥的野獸肉塊特有的腥味，而且還有解毒作用。人類的身體意外脆弱。尤其是在旅行的時候，要是沒有充足的知識和調理技術，不消多久就會搞壞身體喔。」

我對此知之甚深。光是填飽肚子而已是不行的。

在第一輪的世界也多虧了布列特的知識，勇者隊伍才得以撐到最後。

……除了布列特以外有生活能力的人，就只有壞掉的我而已。

那傢伙外表看起來那樣，但卻擁有相當卓越的求生技術和調理技術。

「也是，假如是我一個人獨自旅行，肯定撐不到一個月吧。我不足的技術實在太多了。」

「旅行的話，基本上都是在當地調度材料。處理野獸的方法，區分能吃的山菜和蘑菇的方法，以及如何尋找……雖然這些都很重要，但如果是土生土長的野獸肉，通常會令人食不下嚥。所以就是為了讓不可口的食物變得美味，才會需要調理技術和這麼多的調味料。」

如果不追求味道，只需要鹽巴即可，但這樣根本煮不了像樣的料理。

一旦這種情況發生就不是身體出問題，而是心靈。

為了有趟愉快的旅程，即使稍微重一點，我也不會放棄調味料。

「呵呵，凱亞爾葛真是厲害。嗳，你能趁旅行的這段期間教我各式各樣的知識嗎？像是在森林調度食材的方法或是料理的方法，還有設置營地的方法。」

「當然。要是妳能記住肯定會派上用場。」

於是，我把各式各樣的生存技巧傳授給克蕾赫。

克蕾赫開心地聽著我說的每一句話。

聊著聊著，天色就暗了下來。

我抬頭仰望天空，發現星星正在閃爍。

星辰的動向正如同我的計算。既然這樣，表示特異點明天就會按照預定發生。

……而且，如果這並非布列特設下的陷阱，克蕾赫將會成為【勇者】，變得比現在更為強大。

雖說我很樂見這件事成真，但也害怕這些都是布列特在背後操刀。

布列特寫的那封信，很明顯是熟知克蕾赫的個性下所寫。

畢竟他信上的那種講法，就是考慮到她的個性後，認為她絕對會想成為勇者才寫的。

第五話 回復術士見證【劍】之試煉

我和克蕾赫從布拉尼可出發後，時間已是第二天的傍晚。

我們總算抵達特異點。

「原本以為抵達的時間會很充裕，但意外地花了不少時間啊。」

「是啊……魔物實在太多了。」

按照預定，我們應該會在今天中午過後抵達。

然而，我們不僅遭遇到許多強力的魔物，路況還比想像中惡劣，於是拖延到了現在。

我攤開地圖查看，沒有意外的話，發生特異點的場所就在這附近。一旦星辰開始閃爍，異界的魔力就會流入現世，到時應該就會更加明顯。

「克蕾赫，為了以防萬一，可別對周圍疏於戒備喔。」

「嗯，我知道。」

我已清楚告訴克蕾赫，只要來到特異點就能成為勇者的情報說不定是陷阱。

她雖然說那個布列特不可能陷害自己，但我接著又說布列特的情報說不定是空穴來風，她也接受了這個說法。

雖說我已經隱約感覺到了，但是克蕾赫比我想像中更加仰慕布列特。

……看樣子在復仇時必須注意這點。

這件事必須瞞著克蕾赫進行。

要是有個萬一惹克蕾赫怨恨，就得不償失了。

我用【熱源探查】搜索方圓百米的熱度。

如果是芙蕾雅的話，想必能把範圍擴大到五倍，但這對我來說已是極限。

在這附近沒有人型生物。

「好啦，反正也沒事可做。先等特異點出現吧……然後，可以的話，我希望妳能告訴我布列特神父是什麼樣的人。」

「可以啊，我記得……那是五年前的事情了。」

於是，在星辰出現之前的這段期間，我都在聽克蕾赫說著她的故事。

克蕾赫所描述的布列特，是個既溫柔又嚴謹的完美大人。

……嗯，真噁心。

居然能偽善到這種地步，要是有機會的話，真想在克蕾赫面前剝掉他自詡為善人的那層皮啊。

◇

就在我們擊退時不時襲來的魔物和野獸的這段期間，夜晚到來了。

星辰開始在夜空中閃耀，排列也十分完美。

如果情報不是空穴來風，應該會出現特異點才是。

當我稍微開始擔心起來的時候，現象產生了。

「克蕾赫，有感覺到嗎？」

「嗯，就連不擅長感應魔力的我也感覺得到。周遭突然瀰漫這麼驚人的力量，再怎麼不情願也會察覺。」

魔力正在不斷湧入。

是一股清澈的魔力。由於密度相當高，甚至讓我產生魔力具有質量的錯覺。魔物和野獸們都因為畏懼這股力量而逃之夭夭。我也不免吞了一口口水。

這股力量是貨真價實的。

我和克蕾赫往不斷湧現魔力的方向跑了過去。

「這就是……特異點嗎？」

「好漂亮。藍色的光芒不斷照射進來。」

湧出魔力的源頭是一座湖泊。

散發著藍色光輝的水面就像鏡子一樣光滑。那是猶如月光般溫柔的藍色。眼前景色之夢幻，就連我都看得如痴如醉。

「好啦，來到這裡後該怎麼辦呢？」

布列特的資料上面，只提到一旦擁有資格的人靠近特異點，試煉就會隨之降臨。

既然不知道試煉的內容，只能走一步算一步了。況且也有可能被認為根本沒有接受試煉的資格，什麼都沒有發生。

我望向克蕾赫的側臉。

她那美麗的藍色眼瞳筆直地盯著前方。

然後，靜靜地開口說道：

「是在呼喚我嗎？」

她這樣說完，朝著湖的方向走去。

她的步伐宛如夢遊病患。我什麼也沒聽到。想必是只有被【劍】選上的人，才聽得見的低喃吧。

克蕾赫的腳沉入湖面。湖水似乎很淺，水只浸到她的腰部。

藍色的光芒逐漸變強。藍色魔力的源頭，和另一側的接續點以肉眼可見的形式出現。

「……這簡直就像是某個神話還是英雄傳記啊。」

湖泊的中心出現了一把劍。

我不管怎麼看，劍都是插在水面上，實在是很不可思議的現象。

刀刃細長，是克蕾赫和我偏愛的那種重視鋒利，容易使用的劍。

這把劍非常秀麗。

上面並沒有豪華的裝飾。形狀也並非那麼具有特徵。

即使如此，卻比任何寶劍都要華美。

呼喚著克蕾赫的，想必就是那把劍。

「渴望力量之人，倘若汝認為自己符合【劍】之勇者的資格，便將吾拔出……沒有資格之人一旦碰觸吾身，將以死作為代價，體會自身的傲慢。」

聲音直接在腦中迴響。

這股聲音很有分量。由於【劍】之力增強，連我都聽得一清二楚。

我起了雞皮疙瘩，甚至還感受到畏懼。

……不愧是以勇者之力為賭注的試煉。

【劍】之試煉，一旦失敗即是死。

而且，恐怕還不是僅僅死亡而已。看到那把劍後我就明白了，挑戰試煉失敗的人會被那把劍吞噬，靈魂會永遠遭到束縛。

風險實在太高了。

還是阻止克蕾赫吧。當我起了這個念頭想出聲制止時……放棄了這個想法。

克蕾赫對這個狀況樂在其中。要是在這時阻止她，她肯定會恨我一輩子。因為她有著會被選上的自信。

她自認是世上最符合【劍】之勇者名號的人。

這並不是傲慢。因為我熟知她的劍技。

也很清楚她親身跨過的地獄。比誰都更具天賦的克蕾赫，比任何人都努力，逐步累積了經驗。

我不知道比她更出色的【劍】。如果她無法肩負【劍】的重任，那又有誰能夠扛起這個責任呢？

克蕾赫終於抵達了湖泊中央。空氣頓時劍拔弩張。克蕾赫張開雙眼，釋放出劍氣。

我反射性地確認自己的頭是否還接在脖子上。

……明明距離這麼遠，只是感受到她的劍氣就讓我產生被斬殺的錯覺。

「我比任何人都還要以【劍】自居。而且，今後也同樣如此。所以……委身於我吧。」

她握住劍柄。

一道藍色雷光傾注而下。好刺眼。我用手遮住眼睛，同時確認克蕾赫的狀況。

她一步也沒有退開。只是全神貫注，與眼前的【劍】正面交鋒。

克蕾赫的美麗肌膚被不斷斬裂開來。

白皙肌膚和鮮血的對比十分美麗，明明是在這種緊要關頭，我卻震懾不已。

然後……她拔起那把【劍】。

「吾認同汝，克蕾赫．葛萊列特。汝配得上【劍】之稱號。因此，吾授予汝【劍】之勇者的稱號。吾將與新的勇者一同奮戰。」

響徹在腦袋的聲音原有的那股威壓感頓時消失無蹤。

劍逐漸失去形體，化為藍色的光之粒子。

然後緩緩地朝著克蕾赫傾注而下。

咻的一聲，克蕾赫的右手手背烙印上了勇者的印記。她就這樣站著失去意識，整個人倒在湖裡。

我慌張地衝向湖裡抱住她。

「不要緊吧，克蕾赫！」

被我抱住的克蕾赫臉頰消瘦，看來相當虛弱。

「稍微有點累了……我到底握住劍柄幾個小時了？」

「我想只過了幾分鐘。」

「……這樣啊，難道那是夢嗎？」

我想在克蕾赫握住劍的那一瞬間，她就被拉進精神世界展開死鬥了吧。

否則的話，那個【劍聖】不可能會如此疲憊。

「我真的成為勇者了嗎？」

「妳看得見這個嗎？這是勇者的證明。」

我抓住她的手，抬到她的面前。

烙印在手上的毫無疑問是勇者的印記。

「是嗎……太好了。」

說完這句話，克蕾赫就失去了意識。我就這樣把她抱上了陸地。

不知不覺之間，藍色魔力已然消退，湖泊也變回了隨處可見的湖泊。

我讓她躺著休息，升起篝火。今天就直接在這野營吧。

她因為倒在湖裡，全身濕得一塌糊塗。要是不幫她換件衣服可是會感冒的。

由於在換衣服的途中看見她潔白的裸體，我用手遮住眼睛。

克蕾赫的身體果然很煽情。看著看著就會讓人心癢難耐。

「不行，我不能對睡著的女人出手……比起那個，我得好好看一下。」

我發動【翡翠眼】，好確認她是否真的變成了勇者。

種族：人類　名字：克蕾赫
職階：劍聖、勇者　等級：48
狀態值：
MP：23／180
物理攻擊：148　物理防禦：92　魔力攻擊：75

魔力抗性：92　速度：129
等級上限：∞
天賦值：
MP：91
物理攻擊：148　物理防禦：90　魔力攻擊：72
魔力抗性：90　速度：129　合計天賦值：620
技能：
・神劍Lv5　・看破Lv5
特技：
・神劍能力向上Lv3：劍聖專用特技，神劍的速度、威力會上升補正。
・氣息察知Lv3：劍聖專用特技，看破的感測範圍、感測速度會上升補正。
・經驗值上升：勇者專用特技，包含自身在內，隊伍將取得兩倍經驗值。
・等級上限突破（自）：勇者專用特技，解放等級上限。

等級上限變為∞，這是勇者的特徵。

而且，還獲得了讓經驗值上升的特技。

由於是女性，並沒得到提升他人等級上限解放的特技。

而且物理攻擊力和速度的天賦值獲得了更進一步的強化。就我所知，這是人類最高水準的高速物理攻擊手。

只要以這個超高的狀態值搭配她的劍技，恐怕在這世上已經沒有任何生物能勝過她。

「恭喜妳，克蕾赫，妳從今天開始就是勇者了。」

儘管她以前就很值得信賴，今後想必會更加可靠。

我邊注視她的睡臉邊準備晚餐。

如果是我了解的克蕾赫，想必沒過多久就會因為空腹而清醒才對。得讓她飽餐一頓，養精蓄銳才行。

第六話 回復術士約會

我一邊盯著篝火，一邊望著克蕾赫安祥的睡臉。

從那之後過了很長一段時間，如今天已經亮了。

「沒想到她真的會成為【劍】之勇者……布列特那傢伙在想什麼？那傢伙絕對不會做沒有意義的事，他會讓克蕾赫成為勇者絕對有什麼企圖。」

我一直警戒的陷阱完全沒有出現，克蕾赫很順利地就當上了英雄。

既然沒有陷阱，那他肯定另有所圖。

想到這點就讓我害怕。

從旁邊看著【劍】之試煉的我，只是看到克蕾赫握著劍而已，但她卻變得十分憔悴。

在那一瞬間，在我看不到的世界之中肯定發生過什麼事。

我調查克蕾赫身體有無任何異常。

將【恢復】運用自如的我，對人體構造再熟悉不過。因此我能透過簡單的診察，推敲出對方會在何時清醒。

我配合估算的時間，用篝火溫熱鍋子，熬煮一鍋充滿營養的燉菜。

感覺在這次的旅行老是在做料理。總之先嚐嚐味道。

「嗯，很不錯。」

畢竟我這次使用了珍藏的番茄乾啊。這玩意兒可是鮮味成分的精華呢。

和肉也是相當合拍。把磨碎的馬鈴薯煮成濃湯，再加上番茄乾以及獵來的兔肉、蘑菇，就完成了一道有著豐富營養價值的特製燉菜。

最後再以鹽巴和辛香料調味。

再來，就只需等克蕾赫清醒了。

◇

克蕾赫醒了。

「這裡是？」

「在特異點附近的洞窟。」

「……我想起來了。我在試煉後就昏倒了呢。」

克蕾赫確認自己的手背。

上面烙印著勇者的印記。

「太好了，那不是夢。我真的成為勇者了。」

克蕾赫把手緊緊靠在胸口。

這實在是一副令人欣慰的光景。

「克蕾赫，妳先穿上衣服吧，否則我不知道眼睛該往哪擺……我有幫妳清洗過了，應該快乾了才對。」

「啊！那個，對不起！」

「妳不用道歉。我有煮燉菜，穿好衣服後就來吃吧。」

「嗯，我就恭敬不如從命了。」

克蕾赫邊紅著臉邊把衣服穿上。

我總是有種想法，女性不僅脫衣服時很性感，就連穿衣服時也同樣如此。

在盡情地欣賞克蕾赫的更衣美景後，我把湯遞給她。

克蕾赫因為吃得太急而嗆到了。

我告訴她不用吃得那麼急。

接著等克蕾赫全部吃完後，我開口說道：

「首先要恭喜妳，很高興看到妳成為勇者。」

「這都是託你的福。如果只有我一個人，就連特異點在哪都找不到。」

「話是這麼說沒錯，但能被認同為勇者，是靠克蕾赫自己的力量……總之切入正題吧。我現在和芙列雅公主……和芙蕾雅正打算打倒魔王。」

克蕾赫吞了一口口水。

我還沒有和克蕾提過這方面的事情，她會詫異也是在所難免。

「我就長話短說吧，現任魔王和吉歐拉爾王在私底下勾結。當然，那是因為這對魔王來說有好處。他們絕對在做什麼很不妙的勾當……不僅如此，現任魔王優待自己中意的種族，迫害其他種族，以暴政統治魔族領域。」

「是這樣啊……原來魔族的世界也有這種內幕。」

以人類的角度來看，很容易認為魔族都是一丘之貉，但魔族之間也有區分種族以及國家。

他們之間絕對不是團結一致。

儘管這種事理所當然，卻鮮少有人對此有所認知。

「我們打算打倒現任魔王，讓新的魔族成為魔王……那個魔族以和平治世為目標，打算阻止像現在這樣優待特定種族，壓榨其他種族的狀況。而且她對人類也很友善。假使她當上魔王，芙蕾雅也回到吉歐拉爾王國掌握權力，就能平息和魔族之間的戰爭。」

克蕾赫瞪大雙眼。

看樣子，她聽到有實際結束戰爭的方法而感到相當佩服。

然後，對我投以敬佩的視線。

……不過，這還是紙上談兵罷了。

假設夏娃真的成為魔王好了。這樣一來以黑翼族為首，其他至今一直遭到迫害的種族，將會開始迫害受到之前受前任魔王優待而作威作福的種族。

如果宣稱今後要一視同仁，那些遭到迫害的種族肯定不會善罷甘休。他們會認為自己不占點便宜的話根本划不來，然後付諸行動。

無論上面的人說什麼，他們肯定還是會這麼做。歷史已經證明了這件事。

再來，是有關戰爭這部分。

只要上層人士不顧周圍反對的聲浪達成共識，確實可以在檯面上阻止戰爭繼續延燒，但最好的情況頂多是互不干涉。

融和是不可能的，零星的摩擦也會持續下去。

而且，這也不是長久之計。

總有一天，要求再戰的聲浪會高到無法壓抑。

無論人族還是魔族，都已經流太多血了。

除非其中一方毀滅，否則根本不會和解。

……尤其是魔族這邊很不妙。對虐待過自己的那群人以牙還牙的聲浪，以及結束戰爭的聲浪，這兩種不滿會在壓抑過後一口氣爆發。

不久之後，他們可能會選擇暗殺夏娃，或者是密謀大規模的叛亂行動。

這個猜測應該雖不中亦不遠矣。

「真了不起。原來凱亞爾葛真的在試圖拯救世界呢。」

「我正在為了這個目標努力。」

我現在腦中想的事情應該不用告訴克蕾赫。

讓她為了理想而燃起鬥志，我也比較好使喚。

至於夏娃，我打算不著痕跡地婉轉地傳授她消除壓力的方法。單靠理想論的話會出問題。有時也必須妥協。

……水至清則無魚。我得步步為營。

如果是其他魔族，就算被暗殺也不關我的事，但那是我的所有物（玩具）。我絕不會讓其他人奪走。

「克蕾赫，我已經從布列特神父的資料掌握吉歐拉爾王國的現況了。首先，希望妳能協助我一起打倒魔王。然後我們再揪出魔王和吉歐拉爾王私底下勾結的證據，讓芙列雅公主……帶著我們選為新任魔王的少女夏娃一起殺入吉歐拉爾王國，奪取王位。然後再進行和平交涉。」

順序應該就照這樣來吧。

吉歐拉爾王國對騎士們注入某種暗黑魔力，使他們轉化為非人之物。雖說這件事是個燙手山芋，但我們也不可能現在就返回吉歐拉爾王國。

以結果論而言，只要儘快讓夏娃成為魔王，損失也就越少。

更何況只要搜刮魔王城，說不定就能得知黑騎士他們的祕密。

能以正攻法打倒那玩意兒的人只有我，這樣非常不妙。

要是找不到攻略方法，我們的下場就是被敵人以人海戰術擊潰。

「我明白了，就按照你的提案吧。我的劍，就託付給你了。」

「拜託妳了，克蕾赫。」

我們緊緊握手。在這個時間點有勇者加入實在令人開心。

她以單體戰力來說恐怕是最強的存在。就算對手是高階魔族也可輕鬆應付。

但是，並非沒有隱憂。

目前看來，吉歐拉爾王國正以暗黑魔力製造不死之身的騎士，身為這招正統使用者的魔王肯定也有辦法做到。

搞不好在我們襲擊魔王城鎮的瞬間，不死之身的軍隊就會浩浩蕩蕩現身。

就連神鳥的疾病能不能殺死他們也是個問題。

必須要想出對策才行……

如果不是要殺，而是要讓敵人動彈不得的話，應該有辦法才對。

「不說了，我們出發吧。」

「要和與魔王戰鬥的人會合對吧。」

「……不，在那之前先回一趟拉納利塔買些替換的衣服吧。我原本以為妳至少會準備幾件，看來妳比我想像中更不懂得旅行啊。」

我露出苦笑。

在離開布拉尼可時，我以為她已經整理好行囊，但沒想到居然會連替換用的內衣褲也沒準備，讓我實在開了眼界。

雖說這是一般常識，上衣姑且不論，但要是不經常更換內衣褲的話，沒過多久就會發出臭味。就算要洗，沒有替換用的自然就會很不方便。

「給你添麻煩了。」

「不，沒關係。因為我也沒好好教妳。」

雖說戰鬥力不成問題，但除此之外完全不行。我必須要把這點銘記在心。

我們互相點了點頭，往布拉尼可前進。

話說起來，我可愛的寵物想要又貴又軟嫩的肉當作伴手禮呢。

就順便買一買吧。

◇

我們在拉納利塔再次整理行囊。

雖說對克蕾赫不好意思，但我把她的包包從裡到外全都確認過一遍，幫她選了所有需要的物品一併買齊。

「我真的可以收下嗎？」

「因為這是對妳有必要的道具。妳就好好珍惜吧。」

「……謝謝你，我好開心。」

我送了她以上等魔獸的毛皮製成的昂貴手套。

這手套具有一定程度的防禦力，既薄又飽含摩擦力，不會影響手感。

對劍士來說是最棒的手套。

「要是不把勇者的印記藏好，會惹上許多不必要的麻煩。」

儘管知道這印記含意的人不多，但凡事還是得小心為上。

事實上，我和芙蕾雅也會用手套之類的藏著印記。

從我這邊收到禮物的事實，對克蕾赫來說似乎比這個手套本身的價值還要開心。不枉費我送她禮物。

於是，採買完東西的我們來到了城鎮門口。

「客人，已經準備好了！」

「多謝，這是說好的報酬。」

魔族送來的是附有轡繩的馳龍。

為了儘快回到村落，我不惜砸下重金買下了最頂級的馳龍。

我騎上馳龍，朝克蕾赫伸出手。

「克蕾赫，我們要趕路了。比預定還要花了不少時間！」

「知道了。」

「妳要好好抓緊我喔！」

「凱亞爾葛，你雖然很瘦，但卻很結實呢。」

克蕾赫有些猶豫地用手環住我的腰。這種純真的感覺真不錯。

我甩鞭催促馳龍前進。

「呀！衝得這麼快沒關係嗎？」

「妳忘了嗎？我可是有【恢復】啊。一旦馳龍累了我就會馬上治療牠。」

「你依舊還是這麼作弊呢。可是，真棒……風吹起來真舒服。」

克蕾赫的銀色秀髮隨風飄逸。

於是，我和克蕾赫騎著的馳龍朝著布拉尼可急速奔馳。

在村落的大家都沒事吧？

……雖說有剎那和艾蓮在應該沒事，但最重要的替身很那個。

真讓人擔心啊。要是她搞砸了，我就把拿來當伴手禮的高級肉沒收。

總之，我得儘快趕回去。

回到剎那等人所在的村落！

第七話 回復術士說我回來了

我們回到了星兔族的村落。

但沒有直接走進村落，而是在附近的森林等待夜晚來臨。

因為不能被人發現我溜出村落待在布拉尼可這件事。

所以我打算一到晚上，就用地下通道先返回村落。

然後等到明天早上，就讓克蕾赫佯裝是我的訪客和她會合。

克蕾赫在見不到我的這段期間似乎相當寂寞，每晚都渴求我的疼愛。

我順著她的意盡情相愛了一番，我們兩人之間的契合度非常良好。

總算開始天黑了。我把克蕾赫留在帳篷獨自出發。

……不知道剎那她們進行得順利嗎？

最令人擔心的就是化成我模樣的紅蓮。因為那傢伙感覺很我行我素。

我帶著一股不好的預感踏進地下通道的入口，一步一步往深處前進。

◇

我離開通道，抵達我們借住的房間。

當我從地板探出頭後，突然就察覺到一股視線。

「總算回來了。剎那一直一～直在等著凱亞爾葛大人。」

剎那邊搖著白色尾巴邊衝向我身邊。

畢竟她的耳朵很靈敏，想必是比任何人都率先察覺到我從地下接近這裡吧。

「抱歉，我回來晚了。比估計的花了更多時間。」

「不會，沒關係。只要能平安回來就好。」

剎那朝我身上抱了過來，我也緊緊抱了回去。

她的狼耳一顫一顫地晃動，彷彿察覺到了什麼。

「凱亞爾葛大人，身上有克蕾赫的味道。你剛才為止，都在和她纏綿嗎？」

真敏銳。

不愧是冰狼族。對這種事情很敏感。

「沒錯，我直到剛才都還在和克蕾赫纏綿……我明天也會好好疼愛剎那。畢竟我現在也很想念剎那的肉體。」

「好開心。剎那在凱亞爾葛大人不在的期間，一直很寂寞。」

我揉了剎那的屁股後，她便靠在我身上，我們開始接吻。

真是可愛的傢伙。我得好好疼愛她一番。

其他人也發現我的歸來而陸續靠了過來。

「真是的，凱亞爾葛。你也讓我們等太久了吧。真的是發生了很多事耶。」

是夏娃。她張開黑色翅膀威嚇我。

儘管她鼓起臉頰作勢生氣，但似乎無法徹底隱瞞看到我回來的喜悅，嘴角微微地上揚。

「……因為紅蓮的任性，實在是很辛苦呢。」

芙蕾雅似乎很疲憊。

恐怕是由她一直在幫紅蓮打圓場吧。

話說起來，艾蓮和紅蓮她們兩個怎麼了？

「還有兩個人去哪了？」

聽到我的疑問，夏娃代表大家開口回答：

「去參加作戰會議了，表面上的那個。因為好像要在兩週後採取各種行動，所以最近很頻繁開會呢。」

「話是這麼說，但妳不去好嗎？」

「是艾蓮判斷要這麼做的。因為現場有點火藥味，她認為我最好待在安全的場所。實際上像制定作戰方法和交涉的工作，確實是艾蓮比較擅長。但要是有重要的事我也會出席喔。」

我認為這是正確決定。

夏娃有時會太過衝動，很有可能會因為現場的氣氛而落人口實。

那麼，由艾蓮先將事情聽過一遍，夏娃再聽艾蓮轉述過程，進行適當的判斷後再回答才是明智之舉。

「看樣子艾蓮有在努力呢。」

「我有點嚇到了呢。沒想到她那麼聰明。我現在明白她明明不會戰鬥，凱亞爾葛卻拉攏她成為同伴的理由了。」

「是啊，正是因為她有用所以才招攬她的。」

我很喜歡艾蓮的外表和身材。

她身為芙蕾雅妹妹這點，也讓我很中意。

但是，我不會光憑這樣就讓她成為伙伴。因為她在戰鬥時只是會扯後腿的包袱。

我沒有興趣隨身攜帶一個派不上用場的道具。

但是艾蓮的智略很管用。就我所知，她所擁有的軍略才幹可說無人能出其右。沒有戰鬥的時候才有辦法讓艾蓮一展長才。

說人人到啊。艾蓮和化身成我的紅蓮回來了。

紅蓮露出笑臉，飛撲到我身上……她以凱亞爾葛的外表做這種事，其實滿噁心的。

「耶～♪主人終於回來的說。這樣一來，紅蓮就能變回原本模樣的說！」

由於我命令紅蓮在我離開的這段日子維持我的模樣，她一直受到這命令束縛。

如今我回來了，命令也隨之結束。

她開心地「嗷」了一聲翻了個跟斗，變回了毛茸茸的小狐狸模樣。

然後抖動全身，伸了個懶腰。接著開始梳理皮毛。

盡情享受久別數日的狐狸行為。

真是惹人憐愛。

我將她抱起，緊緊摟在懷裡。

觸感一如既往地毛茸茸，抱起來十分舒服。

「嗚嗚嗚，好痛苦。放手。我接下來要用狐狸的模樣蜷成一團好好睡一覺。」

紅蓮在我的懷裡裡拚命掙扎。

「哦，說這種話好嗎？枉費我還按照約定買了伴手禮回來給妳呢。」

我抱著紅蓮就這樣在椅子上就坐。然後從背包裡取出肉塊。

那是紅蓮要求我買給她的又貴又柔嫩的美味牛肉。

得在有一定富裕程度的城鎮才買得到這個。

而且我還把肉塊切成能一口放進小狐狸嘴裡的大小。

「紅蓮最喜歡主人的說♪」

這傢伙看到肉後馬上就變得安分，張開嘴巴對著我撒嬌。

「哈哈哈，真是可愛的傢伙。」

我邊把肉餵給毛茸茸的小狐狸享用邊撫摸著她，順便享受肉球的觸感。

光是這麼做就會感到療癒。小動物實在狡猾。

給紅蓮餵了不少肉之後，她似乎已經飽餐一頓。而我也感到心滿意足，就把她放走了。

接著紅蓮就如同剛才宣言地蜷成一團，把尾巴當作枕頭開始睡覺。這就是紅蓮所謂的好好睡一覺。

我稍微鑑賞了這個畫面一會兒，獲得心靈上的滿足。

好啦，差不多該辦正事了。

我必須了解村落這段期間的狀況才行。

「艾蓮，把我不在的這段期間發生的事情都告訴我。」

「稍微發生了一點麻煩，不過大致上都按照凱亞爾葛哥哥的預想進行。作戰的第一階段是聲東擊西，會在距離魔都有段距離的地方發動小規模叛亂。預定時間在兩個星期後，於三個場所同時引發叛亂。」

這次的叛亂計畫已經被魔王軍掌握。

因此肯定會以失敗告終。

……所以我們得瞞著星兔族，搶先一步在魔都降下死亡之雪。

「真虧妳們能只遇上一些小麻煩就能了事。我還以為紅蓮會製造更多麻煩呢。」

「很簡單。因為我禁止紅蓮在有人的時候說話。她只能根據我的暗號點頭或是搖頭，不允許她做其他行為！」

她用非常燦爛的笑容說著很不得了的內容。

……想必紅蓮那傢伙累積了相當大的壓力吧。

我想這部分的作風，是受她還是諾倫公主時的個性影響。

諾倫公主的指揮風格是捨棄不必要的部分，以效率為優先考量。雖說這種做法能提升戰果，卻會讓執行現場怨聲載道。

「那麼最重要的襲擊魔都那件事進展如何？」

「那件事現在才要開始討論……因為我有拜託協助我們的種族聯手拖延這件事。」

「幹得好。」

艾蓮之所以會拖延會議進行，是為了收集更多情報。

要是在沒有收集必要情報的狀況下決定作戰內容，就和矇著眼睛走在地雷區無異。

我除了帶克蕾赫回來之外，同時也把她收集的情報一併帶了回來。

這次甚至還有布列特調查出來的資料。

只要告訴艾蓮的話，她肯定能運用這些情報構築最恰當的戰略。

「艾蓮，我也有報告要跟妳分享。我和克蕾赫順利會合了。她明天早上就會來到村落。以戰力來說的話，我想想，妳可以當作我變成了兩個人。」

「真是好消息。這樣一來，我就能更加自由發揮了。呵呵，看來我可以大展身手了呢。」

「還有，給妳伴手禮。這是【砲】之勇者布列特調查的王國內部資料。我已經全都記在腦子裡了……妳也把這些先記起來吧。」

艾蓮以非比尋常的速度翻閱文件。

在把所有內容看完之後，她就把文件交還給我。

這是艾蓮的特技——瞬間記憶能力。照她的說法，只要經過訓練似乎任誰都能辦到。

「我全部都記下來了……那份資料要是出了什麼差錯被魔族掌握就麻煩了，我建議統統燒燬。因為內容已經全部保存在我的腦海裡了。」

「那麼我就按照妳的建議吧。」

「……呵呵呵，真是驚人呢。這份情報的質、量以及可信度都非常高。明明資訊如此龐大，卻和所有資料都不會產生矛盾。而且，內容也和我們在至今的旅行中所聽聞的情報一致……看來以這為前提制定作戰計畫也沒有問題。」

艾蓮笑得不亦樂乎。

雖說臉上在笑，但她的腦海裡想必正以驚人的速度在規劃作戰計畫。

好啦，這樣一來就把必須問的事情都問過一遍了。

「大家今天就好好聊聊吧。我還買了不錯的美酒回來。」

我向眾人投以微笑。
除了公事的報告之外，她們肯定還有許多話想跟我說吧。
就讓我喝著作為伴手禮帶回來的酒，慢慢聽她們道來吧。
而大家也確實有許多話想告訴我，陸續打開了話匣子。
傷腦筋，搞不好會就這樣聊到天亮呢。

◇

花了一段漫長的時間，這場發牢騷大會總算順利落幕。
畢竟是在敵人的村落，大家果然都緊繃著神經，消耗了不少心力。
真希望能快點殺掉魔王，重新開始無拘無束的旅行。
艾蓮在途中脫離了發牢騷大會，開始依據布列特的資料思考著好幾種類型的作戰方案。
……後來她突然一臉鐵青，獨自喃喃自語，說看漏了一個非常嚴重的地方。
想必在不久之後就能得知這句話的意思吧。
後來，我們所有人在同一個房間和睦地睡在一起。
早上清醒之後，我盡情地疼愛了剎那和夏娃。
由於我的行為過於激烈，導致她們昏了過去。

……因為這陣子和我纏綿的人是克蕾赫，所以是以她為基準在做那檔事。克蕾赫身體強健體力又好，可以用些激烈的玩法，但這對她們兩人而言就過於激烈。

我得反省。算了，看到她們兩人帶著幸福的表情失去意識，好歹也算是一種慰藉。

芙蕾雅和艾蓮看了之後則是羞紅著臉楞在一旁。

今天晚上就換跟她們好好地翻雲覆雨吧。

我穿好衣服後離開屋子。

因為太吵而睡不著，當我們開始辦事時就出外散步的紅蓮跟了過來。

接著她索性沿著我的身體爬到了我頭上。

「妳居然會自己主動跟著我，這吹的是什麼風啊？」

「今天就是想這樣。紅……紅蓮可不是因為太久沒見到主人而在開心的說！」

我不太懂紅蓮在想什麼。

說不定紅蓮也以她自己的方式開始稍微親近我了吧。

畢竟她也在我離開前冒著觸犯神獸規則的風險，以擦邊球的方式給了我忠告。

回去之後，就幫她梳理皮毛吧。

此時，我聽到魔族開始吵吵鬧鬧。嗯，想想也對。

畢竟根本不可能會有人類前來這個隱藏村落。

星兔族的看守正舉起武器包圍克蕾赫。

好，該我上場了。

要是坐視不管的話很有可能打起來。

「各位請冷靜。她是我的同伴。我認為她能成為討伐魔王的戰力才找她過來的。」

眾人的視線落在我身上，接著再次投向克蕾赫。

當喧囂聲變得越來越大時，星兔族族長加洛爾出現了。

「原來是你的客人啊……真讓人驚訝。想不到你居然能把【劍聖】找來。」

「你知道克蕾赫嗎？」

「畢竟她在魔族中也是知名人士。攻進人界的那些知名魔族，可是一個個都被她給收拾了呢。」

【劍聖】會被吉歐拉爾王國派遣到陷入苦戰的地區。

而陷入苦戰的地區，會有魔王軍派出知名魔族參加戰鬥。

因此克蕾赫和魔族接觸的次數會變多也是毋庸置疑。

……必須注意這點才行。因為站在我們這邊的魔族之中肯定也有人對克蕾赫懷恨在心。

「她願意成為我們的伙伴，不覺得很可靠嗎？我想沒有人比她更適合保護夏娃。」

加洛爾的表情有一瞬間僵住了。

畢竟對那傢伙來說，等於是暗殺夏娃的難度一口氣攀升了好幾級。

我朝著克蕾赫的身邊走過去。

「很感謝妳願意前來，【劍聖】克蕾赫・葛萊列特。」

「既然是你的請求，無論天涯海角我都會趕來，凱亞爾葛。」

然後我們緊緊握手致意。

雖說感覺有點做作，但這也無可奈何。

總不能說是我不在的時候去接她過來的吧。

總之這樣戰力就齊全了，也獲得了情報。

再來，就是由艾蓮制定能活用我們實力的作戰計畫，並付諸實行而已。

第八話 回復術士幫助他人

我們和【劍聖】克蕾赫順利會合。

這件事讓周圍的魔族都心生動搖。

星兔族族長加洛爾一臉友善地靠近我們並開口說道：

「凱亞爾葛大人。我很驚訝你居然和【劍聖】認識，不過你是用什麼方法將她請來此地的呢？」

這是理所當然的疑問。

我讓紅蓮變化成我的模樣，表面上一直待在這個村落。

所以我能呼叫待在人類城鎮的克蕾赫前來實在很不合理。

不僅如此，他們還會懷疑我和站在人類那邊的不知名陣營有所勾結。

自然會覺得我不是以個人名義擔任夏娃的護衛，而是有某個組織在夏娃背後撐腰，或者是在利用著夏娃。

「是信……但可別問我是怎麼寄的喔。只要是處事稍微謹慎一點的人，自然會預留能在緊要時刻對外聯絡的手段。」

「看來我這個問題太不識相了。真是失禮。」

儘管這種說法相當牽強，但看來他沒有進一步追問的意思。

畢竟這次討伐魔王的中心人物是夏娃，而我姑且算是她的伙伴，因此加洛爾得對我有一定程度的尊重。

……不過，那只是表面上，今後我們勢必會遭到更加嚴密的監視。

今後還是盡量別讓紅蓮來代替我比較好。

「至於克蕾赫就和我們住在一起吧。畢竟借給我們的那間房子十分寬敞。」

為了不讓克蕾赫遭到隔離，我先發制人。

加洛爾一臉無奈地點了點頭。

話說起來，有件事情令我在意。既然機會難得就順便問一問吧。

「星兔族的魔王候補不在這個村落嗎？我想向他打聲招呼。畢竟我是夏娃的伙伴嘛。」

夏娃說星兔族也有魔王候補。

基本上，這些人當初之所以會締結同盟，就是有事先協定好無論任何一個種族的魔王候補當上魔王，也必須要優待彼此。

再怎麼說，擁有魔王候補的種族，發言權自然也會更大。

星兔族是這個村落的中心角色。何況從過往的行為舉止來看，他們不可能沒有魔王候補。

「的確是在這裡沒錯，但我女兒正在靜養當中……還不能出門拋頭露面。」

靜養是嗎？

我得確認這只是在推託其辭還是真話。

而且，要確認也不是那麼困難。

「她的病很嚴重嗎？」

「……是。而且這種病會傳染給別人，因此她目前必須接受隔離。」

哦，很好的回答。

這樣一來可以輕鬆阻擋他的退路。

「我或許有辦法醫治她。我說過我是勇者吧？而且，在勇者之中獲得的稱號是【癒】，是這個世界最優秀的回復術士。在挑戰神鳥試煉時，我甚至還治癒了神鳥的疾病。」

加洛爾瞪大雙眼。

至今我一直極力隱瞞自己是個回復術士，但事情發展到這地步也沒理由繼續瞞下去。

既然如此，與其繼續隱瞞自己是個回復術士，倒不如用來揭曉他女兒是否真的在這裡。

如果是一般父親的內心想法，只要有一絲治好女兒的希望，自然會仰賴這根救命稻草。

假如他拒絕我，自然可以推測他女兒不在這村落，或者說生病是個騙局，他有必要說謊來搪塞的理由。

「實在是太幸運了。想不到凱亞爾葛大人居然會是【癒】之勇者，請你務必幫我女兒診斷病情。」

「哪裡的話。畢竟我們是要一同與魔王戰鬥的伙伴啊。」

看樣子，至少他女兒就在這村落。

不管她是魔王候補還是真的罹患疾病，見面後就知道了。

要是事情順利，還有辦法抓住加洛爾的把柄。

……不過，這件事是否會變成把柄，還得看他是不是很重視自己的女兒。

◇

在帶領克蕾赫移動到我們借住的房子後，加洛爾就帶我前往他女兒的所在處。

他女兒似乎就住在他宅邸的別院。

進入別院之前，加洛爾和他的部下用布把嘴巴和鼻子蓋住。雖說他們也有把布遞過來，但我回絕了，因為疾病對我不管用。

才剛踏進房門一步，我就聞到一股惡臭。原來如此，看來女兒罹病並非謊言。

「非常抱歉，凱亞爾葛大人。把你帶來這麼令人不舒服的地方。」

「沒事，我不要緊。」

好不容易才有機會抓住這個村落領袖的把柄。

而且，還可以在大庭廣眾之下【恢復】他的家屬，搜尋記憶並獲得情報。

這點小事我當然甘之如飴。

「感謝你。」

加洛爾低頭致意後往前先行一步。然後，終於來到他女兒的房裡。

「請問是哪位？」

聲音極度沙啞。

想必她的喉嚨已經壞了。

那名少女全身纏著繃帶。而且繃帶上面還沾著血以及其他體液。

她的皮膚已經潰爛不堪。我使用【翡翠眼】觀察病狀。

太慘了。這是重度的猛毒狀態。而且雖然用繃帶藏起來，但眼睛也已經瞎了。

……這不是病而是毒。簡而言之，是有人刻意把她搞成這副慘況。

「拉碧絲，我帶醫生來看妳了。這醫生本領很高超喔，說不定能夠治好妳。」

我仔細聽著加洛爾的口氣。

他的口氣表現出自己是憐憫女兒的父親。至少這部分並無虛假。

另外，以醫生身分介紹是我的提案。如果提到我是人類的勇者，恐怕會讓魔族少女卻步。

「原來是這樣啊。醫生，很感謝你專程來幫我看病。」

「沒什麼，妳不用在意。這是我的工作。」

不過話說回來，這孩子真是很能忍耐。

從她喉嚨的狀態來看，想必每說一句話就會感到劇烈疼痛。

即使如此，她依然畢恭畢敬地把該講的話傳達給我。

她無疑是個好孩子。實在不認為她是會把其他種族出賣給魔王的男人所生。

「加洛爾，我可以馬上開始診斷嗎？」

「嗯，麻煩你了。」

我托起少女的手並發動【恢復】，而且故意在中途取消能力。

這樣一來她就不會痊癒，只會掌握她現在的身體狀態以及少女的記憶。

【翡翠眼】只能看出她中毒，但用【恢復】可以知道得更為詳細。原來如此，真是有趣的毒。調合得非常高明。

這種毒會讓她飽受猶如地獄的痛苦，同時也會拿捏分寸不至於殺死她，並麻痺一定程度的痛覺。

而且，似乎還是定期讓她服用這種毒藥。

透過【恢復】的效果，拉碧絲的記憶流到我的腦海。

真是個笑話。

這名少女以為是在吃藥，然而卻是定期服用毒藥。

由於毒藥含有令痛覺麻痺的成分，每次喝下去就會減緩痛苦，因此讓她不疑有他。這藥還很貼心地含有讓人成癮的症狀，要是不服藥就會出現禁斷症狀，讓她無法過日常生活。

……真有一套啊，居然能調合出這麼殘忍的毒藥。

就讓我運用在今後製作的藥劑上吧。如果是我的話，可以輕易治療這名少女。

但是這樣就不好玩了，也沒辦法當成把柄。

所以，我來做點有趣的事情好了。

「【恢復】。」

這次的【恢復】會發動到最後。

不過我有自己的打算，因此只是治好了外觀，讓她對藥不再有成癮症狀，然而體內的毒素只治療到要好不好的程度。

少女撫摸著自己的臉和肌膚。然後，發出一種極其微弱的聲音開始嗚咽。

「拉碧絲，沒事吧！你到底做了什麼！」

加洛爾慌張地衝向女兒身旁，並對我發出怒吼。

他脫下原本態度謙卑的紳士面具，氣得暴跳如雷。

然而我卻投以微笑。

「請冷靜點。要凶我之前，先聽聽妳女兒的感想吧。」

加洛爾轉頭望向女兒。

於是，拉碧絲開口說道：

「爸爸，不是，不是的。我太開心了。喉嚨不會痛了，眼睛能透過繃帶看到東西。而且，原本黏黏的皮膚，也都不一樣了。」

真是惹人憐愛的聲音。

和剛才那種嘶啞的聲音完全不同。

拉碧絲用顫抖的手試圖解開繃帶，但因為無法使力始終拆不下來。

但光是這樣，也足夠讓加洛爾驚訝了。

畢竟，她之前甚至連手臂都抬不起來。

加洛爾邊顫抖邊解開女兒的繃帶，用布擦拭混雜著血液，皮膚以及體液的雜質。

在那下面，是漂亮、白皙又富有彈性的肌膚。

取下臉上的繃帶後，便可看到她美麗的紅色眼眸。儘管起初眼神有些渙散，但馬上就對上焦點，開始喜極而泣。

原本她漂亮兔耳的毛都已經掉光凸成一團，現在不僅重新換毛，頭髮也長長了。

「我可以清楚看到爸爸的臉。皮膚不會痛也不會癢，好漂亮。鏡子，請讓我照鏡子。我想要久違兩年好好看看自己的臉。」

「噢噢，噢噢，我也能看見拉碧絲漂亮的臉了。比歐，快去拿鏡子來！」

聽到加洛爾的怒吼後，部下急忙地跑了出去。

這間房間沒有鏡子。因為對失去視力的她來說沒有必要，而且在她失去視力之前，肌膚就已潰爛成醜陋的模樣。

想必她是不想看到自己的臉，才要求把所有能照到自己的物品都撤出房間。

不久，部下拿了鏡子回來。她接過來後窺探鏡子。

「爸爸，是我的臉。這真的……是我的臉。」

眼前的少女開心地一邊哭著一邊重複這句話。

對她而言，想必這比任何事都令人開心。

加洛爾緊緊地、緊緊地抱住女兒，然後流下了男兒淚。

看到這個景象後我確信了。將毒藥偽裝成藥物讓拉碧絲持續服用的人並非加洛爾。

如果加洛爾是幕後黑手，那他還真是驚為天人的演技派。

「凱亞爾葛大人，真不知道該怎麼跟你道謝才好。」

「我只是做了自己份內的事。」

說完這句話後，我等待加洛爾放開拉碧絲。

當他放手後，我便在加洛爾的耳邊悄悄說道：

「……比起那個，我有話要告訴你。是關於拉碧絲的狀況。可以的話，我想和你兩個人單獨交談。拉碧絲的病是被人設局造成的。我不想讓她本人聽到這件事。」

加洛爾聽到後一臉鐵青。

但他好歹是這村落的領袖，馬上恢復了平靜。

接著他向拉碧絲祝賀之後，把我帶到了其他房間。

◇

「你說拉碧絲的病是被人設局造成的，是怎麼回事！你要說的事情是關於這件事對吧？」

「有兩件事。第一件事，我只是治好了她的外傷。雖說我成功減緩疾病的症狀，但還沒完全康復。要是放任不管，她肌膚會再次潰爛，喉嚨依舊會灼燒，眼睛也會失明。」

加洛爾露出沮喪的神情。

想必他深信女兒的病已完全治好了吧。

「那……那麼，我女兒還會再變回那種樣子嗎？」

「要是再這樣下去的確如此。我之所以沒用【恢復】治好她，是因為一口氣治癒的話會對身體造成嚴重的負擔。所以得定期服用我調合的恢復藥……我想想，只要每三天服用一次，持續三個月的話就能抑止症狀，想必總有一天會痊癒。」

凱洛爾聽了後喜出望外，但同時卻又面有難色。

……因為若是照他的計畫，得在一個月後會對我設下圈套殺了我嘛。

如果不持續服用三個月就無法治好，和無法根治是相同道理。

「凱洛爾大人，請把那種恢復藥賣給我三個月的分量。不論花多少錢我都付。除此之外，我還能以我的權限幫你備妥任何東西。」

這個請求如我所料。

但我可不會答應。畢竟花三個月慢慢治療，為的就是保住我的命。

「我不需要錢……這種恢復藥的品質劣化得非常快。做好之後，只要過一週就沒辦法用了。除了由我定期製作以外別無他法。」

「那麼，請把恢復藥的配方賣我！」

「要我提供配方是沒關係，但除了我以外應該沒人做得出來喔。」

我在紙上隨便寫了很像一回事的配方。

難度大約是超一流的鍊金術士調合一百次裡面也只能成功一次。我姑且也草草寫上看起來具有藥效的素材。

加洛爾小心翼翼地將那張紙收好，不過，反正他馬上就會發覺靠自己人做不出來而來哭著求我吧。

「謝謝你！」

「如果要我每隔一週就為了做恢復藥而來也很費事，要是星兔族能做出來的話自然再好不過。我姑且先做好了一週份的兩瓶藥劑。每隔三天就讓她服用吧。」

「這到底是什麼時候做好的？」

「在移動到這裡的路上。像這種利用魔術製成的藥劑，只要有魔力和材料就算邊走邊做也不成問題。」

……不過，最重要的材料，其實是故意把拉碧絲體內的毒吸收到我的身體後製成的抗體。

也就是以我的血製成的血清。這在其他地方無法取得。

除了最重要的抗體之外，說穿了其他材料根本不重要。我調合的也只是單純的營養劑。

接下來才是重頭戲。

就讓我好好利用加洛爾為女兒著想的這個心情吧。事情開始有趣起來了。

「你不僅治療我女兒的外傷，甚至還給我配方，實在是太善良了！」

「不論魔族還是人類，只要不是敵人，遇上麻煩我自然會出手相救。那就是我的處事原則。不過反過來說，如果是敵人的話，無論人類還是魔族一律殺無赦。即使是女人還是小孩我也絕不留情。」

我以開玩笑的口吻笑著說道。

這番話在加洛爾耳中聽來，應該會覺得要是敢背叛我，女兒就沒命了。

「另外，有一件事也令我在意。」

「你是說？」

「在來這裡之前，我說她的病是被人設局造成的吧？拉碧絲並不是生病。那種症狀是由於毒素所引發。那女孩是因為中了毒才會變成那樣。」

我仔細觀察加洛爾的表情。絕不能錯過他此刻的表情變化。

我想知道他自己是不是也遭到欺騙。

加洛爾的表情……滿是錯愕與憤怒。什麼嘛，原來這傢伙也被騙了啊？

「是……是毒嗎？那……那是真的嗎？」

「嗯，而且還透過讓她定期服用，讓症狀進一步加劇。看起來不像是偷偷讓她服用，而是每天光明正大攝取了大量的毒素……你對這個狀況有沒有什麼頭緒？還麻煩你告訴我拉碧絲定期服用的東西。」

我說到這裡，加洛爾似乎想到了什麼。

他一邊顫抖一邊移動到外頭。

……說不定，會演變成我預想的發展之中最棒的狀況。

加洛爾出現了，手上拿著裝有黃色液體的小瓶子。

「我女兒每天都喝著這瓶東西。」

加洛爾沒有說這是什麼。

不過，窺探過拉碧絲記憶的我很清楚。

這是拉碧絲誤以為是藥的東西。

「我可以把這個弄壞嗎？我想分析一下。」

「嗯，請吧。」

我故意用看起來誇張的魔術，演得很像自己在進行調查。

還舔了舔內容物，擺出一臉可怕的表情。

「請問怎麼樣？」

「……太糟了。這就是折磨拉碧絲的毒藥。而且還很用心地添加麻痺痛覺的成分，讓她不會發現這是毒藥。要是毫不知情，會誤以為服用這個會讓身體輕鬆。而且這還有成癮性。居然將麻藥和毒藥混合在一起，製作這個的傢伙相當惡質啊。」

「是、這、樣、啊……哈哈哈，這是毒……毒藥嗎？我……到底是為了什麼……」

加洛爾本想佯裝平靜，但沒有成功。

我可以理解，這是憤怒。在加洛爾的內心正爆發著一股驚人的怒氣。

到了這地步，就連白痴也看得出來。

加洛爾之所以會出賣其他種族，一部分是了保護星兔族。

但他最重要的目的，是為了拿到解藥救自己女兒。因為那藥的出處來自魔王一派。

對方肯定宣稱這瓶毒藥是解救他女兒唯一的藥，加洛爾才會遭到利用。

這傢伙真蠢。居然不惜出賣自己人也要獲得折磨女兒的毒藥，還開心地餵她服用。

「絕對不要再把這個給拉碧絲服用。只要每隔三天給她服用我調合的恢復藥，就能治好病症，甚至能完全治癒。不過要是服用這個毒藥，能治好的也好不了了。」

「我明白了，凱亞爾葛大人。我日後一定會報答這次的恩情。我們也會按照配方嘗試調合恢復藥，倘若真的不行，務必麻煩你下週也幫忙調合藥劑。」

「嗯，交給我吧。畢竟我們是一起和魔王戰鬥的伙伴嘛。」

最後一句話實在很陳腔濫調。

算了，沒差。

我離開房間。

離開房間的時候，加洛爾一直低著頭對我致謝。

嗯，雖說這件事的開端是我隨性問起，但幸好我有提出來。

不僅讓星兔族族長理解到我一死自己女兒也會陪葬，還讓他對魔王萌生恨意。這件事一定能在今後發揮作用。

幫助人的感覺果然很棒。你對別人好，別人也會對你好。所以就結果來說，幫助人也是為了自己。

話說，拉碧絲也是很不得了的美少女。

不如就定期幫她偵查，順便占點便宜或許也不壞。因為布拉尼可那件事，我已經明白星兔族在那方面相當不錯。

況且從她的反應看來，應該能輕鬆攻陷。

……不，還是算了吧。雖說我憎恨她的父親，但對那孩子本身沒有恨意。玩弄女人是邪魔歪道幹的事。

今後，我要繼續以一名正義的回復術士，做出正確的舉止。

第九話 回復術士成為白馬王子

我請加洛爾介紹我一直很在意的星兔族魔王候補。

他說那個人受到嚴重的疾病困擾，我原本期待進行順利的話，可以掌握星兔族族長加洛爾的把柄……

但成果超乎我的期待。加洛爾的女兒拉碧絲並沒有生病，是中毒。

她有相當長一段時間都遭到魔王手下欺騙，服用著偽裝成藥物的毒藥。

由於我為人親切，決定把事實鉅細靡遺地告知加洛爾。

那傢伙很聰明。就算我不直接講明，只要給他蛛絲馬跡，應該就能察覺到自己遭魔王欺騙。然後，他肯定不會就這樣任人宰割。

原本我以為星兔族會我們在襲擊魔王城和底下的城鎮時來礙事，但這麼一來，他們反而有可能會成為最棒的武器。

「凱亞爾葛真是的，又露出這種邪惡的表情。」

「剎那並不討厭凱亞爾葛大人這種表情。」

夏娃和剎那全裸躺在棉被上面，從下方觀察我的表情。

今天是屬於夏娃和剎那的日子。

「真是失禮啊。我明明拯救了一個可憐的女孩子呢。」

「……你絕對有別的企圖吧？」

「有時也會出於善意幫忙。像剎那那次，凱亞爾葛大人拯救了剎那的性命和整個村落。夏娃也是多虧有凱亞爾葛大人才能活下來。」

「話是這樣說沒錯啦……」

夏娃和剎那也是被我拯救的少女。

所幸她們倆都擁有非比尋常的才能，無論是作為所有物(玩具)還是戰力使喚都無可挑剔。

如今我已經對她們愛不釋手。更何況身體的契合度也高嘛。

「我這次的確別有目的……總之，我會把這件事辦好的。在那之前就用妳們兩人的身體，讓妳們徹底明白我是個好人。」

「呀！這麼突然！」

「凱亞爾葛大人，請抱剎那。」

我今天會去拜訪拉碧絲，觀察她病情的經過。順帶一提，這是第三次。

光是診察而已實在無趣，乾脆試著讓拉碧絲迷戀上我看看吧。畢竟在第二次診察時她似乎就挺親近我了，這麼一來加洛爾就更難對我下手。也順便幫加洛爾的復仇心火上加油吧。

我一邊盤算這些事情，同時盡情地疼愛了她們兩人。

◇

由於從一大早就徹底地疼愛了剎那和夏娃，我整個人都被榨乾了。

這次我有下意識地注入了所有的精華在她們身上。

因為我想要盡可能讓自己保持聖人君子的形象。

……總覺得在可愛的少女或是美麗的女性面前，我的思想就會變得充滿攻擊性。

所以，我事先讓自己進入賢者模式。如此一來，就能扮演正直的凱亞爾葛。

我抵達加洛爾的宅邸後，他這次沒有帶我到先前的別館，而是宅邸的二樓。

自從我指出這並非會經由空氣或是接觸傳染的毒素，他們就不再隔離拉碧絲。

在前往拉碧絲房間的路上，加洛爾向我搭話。

「雖然我們照著從凱亞爾葛大人那收下的配方，努力嘗試做出恢復藥，但實在是力不從心。」

「這也沒辦法，如果不是超一流的鍊金術師是做不出那個的。」

我之前草草寫下那份配方給他們。

我想，能按照配方做出藥劑的人在這世上恐怕不超過十個。

「……實在很抱歉，今後還能繼續麻煩你嗎？」

「我不介意。畢竟要共同奮戰的同伴感到困擾，這麼做是理所當然的啊。」

好啦，加洛爾打算怎麼做呢？

如果他打算按照預定在襲擊魔王時設下圈套殺了我，他女兒就沒救了。因為我已經把病情調整成必須花上三個月慢慢治療。

再來就是放棄女兒，選擇趁我還在的這段期間盡量減緩她痛苦的消極做法。

或者說，他打算不再做魔王的走狗？

就讓我見證加洛爾會怎麼行動吧。

◇

我們抵達拉碧絲的房間。

這名少女正用手扶著牆壁拚命地走路。

由於她一直臥病在床，體力和肌力都退化殆盡，所以正在接受復健。

只要我有那個意思，就能讓她的肌力也恢復為以前的狀態。然而，那樣做有讓他們察覺我的【恢復】異於常人的風險。

因此我才會刻意只治療外傷。

讓他們以為我的【恢復】是擁有驚人技巧的回復術士就能做到的程度。

「你好，我來幫妳診察了。」

「凱亞爾葛大人，很高興你能來！」

拉碧絲想要衝向我身邊，身體卻無法跟上。眼看就要跌倒的時候，我匆忙地抱住了她。

於是，拉碧絲滿臉通紅地直盯著我瞧。

「妳的體力還沒有恢復到以前那樣，別太逞強了。」

「好……好的，真的很抱歉。」

我用公主抱的方式將她抱到床上。

運送的過程中，拉碧絲一直緊緊抓住我的衣服。

……從這反應來看，她恐怕已經迷上我了。嗯，第二次診察時還只是把我當作好人而已吧，真是耐人尋味。這就是所謂的「小別勝新婚」嗎？

雖然為了今後的布局，我也曾思考過讓她對我抱持這種感情會比較方便，但實在沒想到我都還沒出手她就已經自顧自地迷戀上我。

也許對她而言，我就是把她從地獄中解救出來的白馬王子吧。

她自顧自地日夜妄想，將我塑造成理想人物進而喜歡上我。對這個年紀的女孩來說，是種隨處可見、不值一提的現象。

既然她都這麼希望了，我就演得更像個王子吧。

「把手伸出來。我要診察妳的身體狀況。」

「好的，麻……麻煩你了！」

我握住拉碧絲白嫩的玉手，執行【恢復】的前一階段，只進行取得對方情報的工程。這樣就可清楚得知她的身體狀況。

很好，沒有治療過度。要是一個不小心就會完全治好她的疾病。那樣一來，她就沒有辦法成為牽制加洛爾的人質。

要製作出能去除痛苦，又不會直接治好她的恢復藥需要耗費大量精力。

「妳的身體好轉許多了喔，真了不起。看來妳也有在努力復健。」

「我好開心。多虧有凱亞爾葛大人幫忙治療，我才能變得像是個普通女孩。自從開始喝恢復藥後就完全不會覺得痛苦，我現在真的很幸福！」

「那真是太好了……只不過，我現在也只能做到這些。能不能回歸日常生活，就端看妳自己的努力了。」

「是！我今後也會好好照著凱亞爾葛大人教導的復健課程訓練！」

她的體力比我想像中恢復更多。

明明我們聊了好一段時間，但她看起來卻不會疲憊。

儘管星兔族本身就擁有強健與出眾的身體能力，但想必這也是她用心復健的成果。

「……那個，凱亞爾葛大人是人類對吧？」

我們閒聊一陣子後，拉碧絲觀察著我的臉色提出這個問題。

「嗯，是人類啊。妳會怕人類嗎？」

「不，凱亞爾葛大人完全不可怕。只不過，明明大家都說人類是下等生物，卑賤又弱小，但是凱亞爾葛大人既帥氣又溫柔，而且強大到能從魔王的魔爪中保護夏娃，和我聽說的完全不同，所以我很驚訝。」

人類是下等生物，既卑賤又弱小是嗎？

我不會否定。因為大多數的人類的確如此。

「人類中也有各式各樣的人。有卑賤的傢伙、弱小的傢伙，也有帥氣的傢伙，這點對星兔族來說也一樣吧？」

「的確是這樣。啊哈哈，聽你這麼一說，的確是理所當然呢。明明一個種族裡面不可能每個人都一樣嘛。」

「是啊。不過，正因為有許多傢伙不了解這點，所以才會以種族為單位集結起來發動戰爭啊……啊，對不起，我這種講法不太好聽。」

「不會，那個……我也是這麼想的。」

不小心說出了真心話。

我的隊伍裡面有人類、魔族，也有亞人。

對我來說，因為種族相同就是同伴，種族不同所以是敵人這種想法十分愚蠢。

無論是什麼種族，只要我中意就會邀請對方加入，看不順眼的話就殺掉。也就是所謂的平等主義者。

「好啦，我已經清楚妳的身體狀況，這樣就能準備恢復藥了。妳的體力恢復得比我想像中還快。既然這樣，就算藥效稍微調強一點，妳的身體應該也能受得了。看來妳能比預期更快康復喔。」

我邊這樣說著邊開始整理。

順便說一下，剛才那些話也是隨口胡掰。要讓病人迷上自己，說這種聽起來好聽的話最有效果。

「那個，凱亞爾葛大人。」

「什麼事？」

「我知道凱亞爾葛大人很忙。可是，能再跟我多聊一會兒嗎？因為我一直都臥病在床，我還想聽凱亞爾葛大人說更多更多你在外面的所見所聞。」

「……我是不介意，但不知道妳父親會怎麼想啊。」

以人類主觀視角闡述的冒險故事，對魔族的公主來說可能會成為毒藥。想必加洛爾也不樂見這種事發生。此時他開口說道：

「非常感謝你的考量，凱亞爾葛大人。不過我也想拜託你這麼做。我就先回辦公室了。我想這樣拉碧絲也會感到開心吧。雖然會給你添麻煩，但晚點能來我的辦公室一趟嗎？」

「嗯，我知道了。」

加洛爾離開了房間。

於是，拉碧絲眼睛閃閃發光在等著我開口。

……我可沒笨到在這種情況下說出有關魔族的殘酷故事。就講些沒有魔族出現的冒險故事吧。

幸好我的腦子裡有著透過【恢復】窺見的無數記憶。

要讓少女歡喜的故事可是庫存了不少。

◇

被拉碧絲糾纏了大約兩個小時。

雖說我想要快點結束，都是因為她不斷央求我繼續講下去。她對我說的每個冒險故事都顯得很興奮，還發出了歡呼聲，看著我的眼神也越來越熱情。

……太危險了。主要是理性那方面。

這就是那個吧，仰慕著自己的純真公主。而且她非常正經，沒有受到玷汙。

看到那種女人，會讓我想要狠狠地欺負她。

然而，那卻是一條破滅的道路。現在就暫且扮演一個好人吧。

我抵達了辦公室。

踏入室內一步，我就對沉重的空氣感到驚訝。看樣子，加洛爾似乎下定了某種決心。

「凱亞爾葛大人，你不僅治好拉碧絲身上的疾病，還拯救了她的心靈，我由衷對你表達感謝之意。」

「我沒做什麼大不了的事情啦。」

「我已經好幾年沒看過那孩子的笑臉了。如果治好疾病的人不是你，恐怕她也不會得到真正的救贖。」

「你太抬舉我了……你大可感到高興，她回復的狀況很順利。我先把下週的恢復藥交給你吧。」

我從包包取出兩瓶恢復藥。他小心翼翼地收了起來。

「我確實收下了。凱亞爾葛大人，至今真的是受到你諸多幫助，但恕我斗膽，有些事情希望能再麻煩你幫忙。首先是這個。」

加洛爾把一個鑲有華麗裝飾的寶箱遞給我。

我打開箱子，裡面放的是一條項鍊，上頭鑲著猶如蘊含著星空般璀璨光輝的藍色寶石。

而且還感覺得到魔力。這是國寶級的寶物。

「要拿這來當治療的謝禮實在太貴重了。這是星兔族的寶物吧？」

「你真是識貨。這是星之淚。這是在神話時代製成的我族祕寶。單純作為珠寶飾品也是價值連城，但只要將其戴在身上，就能增強腳力，在身邊產生能阻擋弓箭的風牆。」

這是無價之寶。

如果能夠獲得這件寶物，肯定有許多人就算把整個城鎮陷入火海都在所不惜……

為什麼要把這個交給我？我等他開口說出理由。

加洛爾盯著我的眼睛莞爾一笑，開口說道：

「我接下來將賭上自己的性命。到時恐怕會被殺吧。萬一我有什麼不測，希望你可以照顧我的女兒。很抱歉，我接下來要做的事情無法拜託星兔族的同胞以及其他魔族。因此只能託付給你。」

「你不願意告訴我要做什麼啊。」

「……反正，在今晚就會揭曉了。這是我一生只有一次的豪賭。眾人勢必會唾棄我吧。我不是被魔王的手下殺死，就是被這個村落的魔族所殺……所以，我才會想在那之前拜託你。」

噢，是這樣啊。

他選擇了這條路啊。

「明白了，我就跟你約定。你死了的話，我會好好照顧拉碧絲。畢竟我都收下了這麼貴重的物品，當然會確實完成這份工作。」

我們的談話就這樣結束。我離開加洛爾的辦公室。

就在我轉身要離去時，加洛爾從背後向我搭話：

「凱亞爾葛大人，你其實早就注意到了吧？」

「……這個嘛，我不清楚你在說什麼。」

想不到他竟然會看出我已經察覺到了。真是令人期待晚上究竟會發生什麼。

我們在當天夜晚召開會議，討論如何攻略魔王城與魔王都市。

由於再三週後就會執行這項作戰，氣氛十分凝重。

我和艾蓮也出席了這場會議。

平常的話，都會由加洛爾在開場時寒暄幾句，但是他現在卻一臉凝重。

看樣子，他總算要開口了。

「一直以來飽受魔王凌虐的各位同胞啊，請聽我說。再這樣下去，這次作戰會確實以失敗收場。」

所有人此起彼落地議論紛紛。

「所以，我打算在那之前採取對策。」

加洛爾拍了拍手。

隨後，星兔族出現在部分種族的族長以及隨從身後，將他們逮捕……那些人是諜報部隊的精銳。

而遭到逮捕的，只有協助魔王那一邊的種族。

「我向各位老實說吧。我，以及被我的部下拘捕的三個種族，一直在把各位的情報出賣給魔王。這就是這次作戰之所以會失敗的理由。」

喧嘩聲越發激烈。

無論是遭到拘捕，背叛在先的種族，還是清白的種族都異口同聲說「竟然背叛我們」。

「我們被魔王的手下抓住了把柄，他強迫我們背叛各位……但是，我已經不想再聽從他們的命令了。為了要讓這次作戰順利成功，我們只能將計就計，將假情報洩漏給對方。由於我們一直背叛著各位，反而獲取了魔王的信任，這次就是要利用這點。」

「別開玩笑了！你是打算說些好聽話趁機脫罪對吧！」

「沒錯沒錯！」

得知星兔族背叛而憤慨的種族開始責難加洛爾。

即使如此，加洛爾也不為所動。想必他已經預測到會發生這種事。

他保持微笑並開口說道：

「我不打算逃避自己的罪過……一旦這次作戰結束，就算砍下我的人頭也無妨。私人財產則會全數捐出作為賠償金使用。所以，希望各位能放過我以外的星兔族。然後，請務必……」

加洛爾用力再用力地握緊拳頭，力道大到幾乎要滲出血液。

「對玩弄我們的魔王，以及他的爪牙揮下制裁的鐵鎚。」

他這句話中飽含辛酸，充滿氣勢與冰冷的火焰，聽到他這句話後，任誰都再也說不出一句話。

我看到眼前這幕，實在無法忍住嘴角微微上揚。

……我原本就認為加洛爾是能幹的男人，想不到竟然如此了得。

他想要賭上自己的性命進行復仇。

無論再怎麼掙扎，加洛爾的未來都只有一死。

在場的魔族並沒有天真到會將他至今的背叛行為一筆勾銷。

他們原本是敵人，只是勉為其難站在同一邊，成為誓言要對魔王復仇的同志。

因此，我起碼會實現他的願望，負起責任照顧好他的女兒拉碧絲。這是我唯一能做到的事情，也是送給他的餞別禮。

第十話 回復術士與宿敵邂逅

身為星兔族族長，也是聚集了諸多種族的這個村落的代表……然後，還以魔王爪牙的身分持續出賣情報的加洛爾，突然坦承自己與魔王有所勾結。

這個事實十分震撼，使得聚集在現場的種族一陣混亂。

「加洛爾，你已經做好覺悟了吧！」

體型壯碩，以雙腳步行的豬魔族，也就是鐵豬族的族長對他投以強烈殺意。

鐵豬族、炎馬族以及風鼬族三個種族打從一開始就被我拉攏為自己人，我已事先告訴他們星兔族是叛徒。

因此，他們比其他種族更為冷靜。

「當然。我剛才也說過了，等到一切塵埃落定，我將任憑各位處置。」

明明處在這種狀況，加洛爾的態度依舊堂堂正正。

不，是因為他已經下定決心了。

「……為什麼？你為什麼要在這個時候坦承？」

「因為要把魔王等人打落地獄，這是必要之舉。憑我一己之力無論與魔王如何周旋，再這樣下去也不可能討伐魔王，因此我需要在座眾人的協助。我明白自己說的話有多麼自私。即使如此，也請各位助我一臂之力，這不是為了我，而是為了確實打倒魔王。」

在場的魔族都感到困惑不解。

他們的確無法原諒背叛自己的加洛爾。

但卻更希望打倒現任魔王，從一直以來的迫害之中解脫。

與其對加洛爾報復，他們內心更傾向另一種選擇。

「我作為鐵豬族的代表，不，應該是代表在場的所有人，要求你回答我等所感到的不解之處。是什麼契機讓你決定這麼做？真要說起來，你為何想打倒魔王？只要你繼續背叛我們，應該就能度過太平日子。如果沒問出這一點，我們就無法相信你。」

他們會有這個疑問也是理所當然。

加洛爾說這是為了確實打倒魔王，但基本上他根本沒有打倒魔王的必要。

如果只是考量到星兔一族的繁榮，他大可繼續背叛其他魔族。

「……因為我無法原諒魔王。」

加洛爾瞪大雙眼。星兔族特有的紅色眼睛布滿了血絲。

「我的女兒拉碧絲曾被當作人質。她罹患了一種奇特的怪病，為了獲得藥水維繫她的生命，魔王長久以來都強迫我背叛各位……但殊不知，這種疾病的真面目卻是來自魔王的爪牙準備的毒藥。我不惜出賣同伴，深信是藥物而持續給女兒服用的藥物，居然是會麻痺她的痛覺，讓毒藥的效果得以持續的凶器。」

周圍的魔族倒吸了一口氣，他們充分感受到加洛爾的憤怒。

「我原本以為自己是為了女兒而弄髒雙手，卻反而讓女兒更加痛苦。我絕對無法原諒玩弄我女兒的魔王。如果是為了把那傢伙打落地獄，就算我就此毀滅也在所不惜。請允許我鄭重向各位道歉。至今為止，有許多同伴因為我的背叛而死去。希望能藉由打倒魔王，以及我的一條命來贖罪。」

我在心裡竊笑。這演說真是感人肺腑。

他有獻出自己性命的覺悟，而這份覺悟吞噬了在場所有人的氣勢。

話雖如此，在場肯定沒有人會心甘情願地贊同加洛爾的說詞。

畢竟他們的同伴因他而死是千真萬確的事實。

所以不可能會原諒他。如果說誰能打破這個局面，那想必就是我了。

「加洛爾沒有說謊。事實上，他女兒拉碧絲的確長期以來都持續服用著毒藥。身為回復術士的我診察過了，不會有錯。」

所有人的視線集中在我身上。我不能白費加洛爾創造出來的這個局面。

「我贊成加洛爾的提案。只要利用身為魔王爪牙的他，可以讓作戰的成功率大幅上昇。畢竟我們在戰力上確實有壓倒性的差距。如果不竭盡所能見縫插針的話根本無法取勝。這個提案的吸引力實在太大，實在無法以感情論否決。」

「……凱亞爾葛，加洛爾還沒證明自己已經完全和魔王切割。說不定他是假裝要背叛魔王，故意設下陷阱陷害我們。相信卡洛爾的風險是不是太高了？」

炎馬族的青年戰戰兢兢地提出了這點。

「不可能。真要說起來，從來就沒有任何人懷疑過加洛爾。他沒必要在這種狀況下坦承自己是魔王的爪牙。如果加洛爾有心想欺騙我們，只要一如往常地對待我們就好。最重要的是，我看過加洛爾在女兒得救時流下的淚水。當時的淚水，以及女兒被當成玩物的那股憤怒絕對不是虛假的。」

在場的眾人至少都確實感受到加洛爾的憤怒是貨真價實的。

贊同我發言的人開始陸續表態。由加洛爾起頭，我從背後推了一把的局面已大致底定。

再來只能讓事情順其自然發展了。

向魔王散布假情報，再確實以神鳥的疾病，在最恰當的時機發動攻勢。不過，加洛爾肯定會被殺吧。

無論他有任何理由，都無法改變他出賣同伴的事實。

而且，這也是他自己盼望的末路。

從剛才那番話以及態度來看，我很確信他是個實在的好人，出賣同伴對他而言也是心如刀割般的沉痛。

但如今就算自己不在身邊，女兒也能得救。所以他才會想以死贖罪。

他受到這個村落的魔族仰慕。在遭到魔王利用之前，他肯定是個貨真價實的好領袖。若非如此，他不可能贏得這麼大的信任，部下也不會跟隨他投敵。這實在是個無法得到救贖的悲劇。

我其實也曾想過要幫他一把，但加洛爾本人不會希望我這麼做。

我只能做到兩件事。就是在加洛爾死去後保護拉碧絲的性命，以及確實殺死擺布加洛爾和拉碧絲的魔王。

我會洗刷他的冤屈。

當然，我也沒忘記自己的目的，就是取得魔王的心臟【賢者之石】。

只要得到那個，就可以在有個萬一的時候重頭來過。

◇

因為那起事件影響，今天的會議一直開到深夜。

星兔族以外的其他身為魔王爪牙的種族，似乎都被星兔族的諜報部隊逮捕進行隔離。

他們被視為星兔族的幫凶，在這次作戰結束後就會獲得釋放。

另外，眾人決定按照加洛爾的希望，除了加洛爾以外的星兔族都將得到原諒。

在那個狀況下還能只犧牲自己一人換取種族存續，他的能力實在令人刮目相看。

一般來說不可能只有加洛爾，所有星兔族都會被清理門戶。

然而加洛爾卻同時透過感情面與理論面加以論述，避免族人連帶遭到肅清。

結束會議後，我來到夜晚的森林。

因為我收到一封箭文要我前來此處，真是老掉牙的邀約方式。

因為星兔族的處境今非昔比，所以我才能不受監視輕易溜出村落。看到寄信人時，我著實嚇了一跳。

因為那個人不應該出現在這裡。而他也是孤身前來赴約。

「總算是見到你了，但真遺憾啊。你就像報告說的改變了自己的樣貌。明明原本的你更加可愛，更符合我的喜好呢。」

一個皮膚黝黑的壯漢用黏膩的聲音向我搭話。

把我叫出來的人，就是……

「【砲】之勇者布列特。我聽克蕾赫說你不是死了，就是變成了不倫不類的怪物，但你看起來倒是挺有精神啊？」

沒錯，就是我最後的復仇對象。【砲】之勇者布列特。

他扛著神砲塔斯拉姆，訓練有素的結實肉體上裹著神父的衣服。

我早就知道這個男人不會輕易掉入區區吉歐拉爾王的陷阱。

我從內心深處燃起對他的恨意。我想殺了他、汙辱他，令他臣服於我。

我想要踐踏那傢伙的所有一切。

但我得壓抑住這股感情不讓它表露在外。

他好不容易像這樣出現在我眼前。為了確實完成復仇，我必須要冷靜以對。

事實上，布列特掌握距離的方式非常高明。在這個距離下，無論我使用任何攻擊手段都會劣於布列特的【砲】。儘管我想若無其事地緩緩拉近距離，但布列特也隨時都在調整距離。

這並非偶然，布列特是刻意保持在有利的位置。

「別像那樣釋放殺氣嘛。就算放出殺氣也沒用，畢竟我已經死了。死者是不會被殺的。何況我也不是為了和凱亞爾戰鬥才來這裡。」

「如果不是的話，你的目的是什麼？」

「為了不讓可愛的凱亞爾死去，所以我才來給你建議的。凱亞爾是我的。我可不能讓你因為愚蠢的事情喪命。」

他有什麼企圖？

布列特這個人平時就高深莫測，但這次更是讓人摸不著頭緒。

「敵人不是只有看得見的那些而已。你要有這個心理準備做好防範……可別被別人殺了喔。啊啊，凱亞爾。你果然很可愛，好令我興奮啊。現在的你似乎自稱為凱亞爾葛對吧。我最喜歡讓你這樣可愛的少年屈服於我。不光是外表，像你這種個性的男孩最令我心癢難耐。」

說完這些話後，他試圖離開此處。

怎麼能讓他逃走，我抱著這個想法踏出一步的瞬間，他就以宛如超人般的快速射擊擊發【砲】，而且還不只一兩發，是透過好幾十發砲擊凝聚而成的彈幕。

當我完全躲開後，那傢伙已消失不見。他消除了自己的氣息並抹滅逃走的痕跡，使得我無法繼續追蹤。明明復仇對象近在眼前，我居然讓他逃掉了。

我的手開始顫抖，過去的心靈創傷再次復甦。

從前的我一直被那傢伙蹂躪。

「……原本就已經很難對付的傢伙居然還獲得了棘手的力量，搞不好那傢伙是故意被抓，為的就是得到那股力量。」

布列特身上纏繞著暗黑瘴氣。

而且，和我以前交手過的那兩個騎士有很大的不同之處。布列特是在保有理性狀態下成為不死之身。那個男人不僅實力高深莫測，甚至還死不了。

除此之外，他和其他勇者不同，他徹底調查過我的能力，早已研擬好對策等我送上門。

看樣子，我最後的復仇無法輕易如願啊。

然而，我卻也注意到自己熱血沸騰。

那傢伙在第二輪的世界沒有對我出手，還不算是復仇對象。然而，他卻對我興致勃勃。從他那噁心的眼神就能一目了然。

那傢伙還不知道。

我擁有的【恢復】甚至能殺死不死之身。

我們彼此既是獵物，也同時是獵人。一旦露出破綻便會遭到對方狩獵。

我絕對不會輸。一定會完成復仇。

對付布列特這傢伙，我會仔細地讓他品嘗到極限的痛苦。這是最後的復仇，我當然要搞得盛大一點。

第十一話 回復術士啟程前往魔王都

加洛爾成功說服眾人，我們決定執行將假情報洩漏給魔王的作戰。

正如他本人的期望，一旦這場戰爭結束，加洛爾將遭到處刑。

他希望以死來償還罪孽。

我有一半理解加洛爾的心情，另一半無法諒解。

儘管想要復仇的這點我也是一樣，但我認為在復仇後要是無法得到幸福的人生，就失去了意義。

我的復仇是為了度過更好的人生。復仇充其量只是為我的人生錦上添花的要素之一。然而，我也不認為該對加洛爾灌輸這個想法。既然他只要女兒活下來就能滿足，我就實現他的願望吧。

無論如何，殺死魔王的準備正在一步一步地進行。

問題是後來出現的那個傢伙。

「……要是找不到殺死不死之身的方法可就難搞了。」

在開完會議之後，我復仇的對象布列特出現在我眼前。

他是個皮膚黝黑的壯漢，而且那傢伙身上還纏繞著和當時襲擊克蕾赫的騎士相同的瘴氣。

原本就難以對付的男人變成了不死之身。我很清楚那傢伙的恐怖之處。

不僅擁有純粹的戰鬥力，連知識、經驗以及想像力都十分卓越，而且他做事小心謹慎，擅長發現對手弱點。和我至今狩獵過的勇者完全不在同一水準。

那個布列特之所以現身，居然是為了好心給我忠告。

那傢伙說敵人並非只有看得見的這些。

如果他是指吉歐拉爾王底下的不死之身軍團就太糟糕了。

他們把一般騎士改造成甚至連克蕾赫都無法擊斃他們的怪物。

上次和那些傢伙交手時，我以為只要用火燒就能打倒他們，但沒想到他們居然還能從煙和灰燼中再生。

目前能殺死他們的人只有我。

靠的是能把對手改為錯誤型態的【改惡】這種硬來的技巧。

問題是憑我一己之力，勢必會輕易被人海攻勢擊潰。

「不過也不是沒有對策。」

其中一招就是用毒藥。

一般的毒應該對他們無效。如果要說可能毒死他們的，就是靠細胞的惡性變質。意思就是將敵人的細胞轉化為癌細胞。

癌細胞是一種無法自行控制，會以不正常速度增殖的細胞集團。由於這只是變質而不是破壞，對他們而言非常棘手。

既然不是遭到破壞，所以不會自行再生正常的細胞。只要癌細胞持續增加，他們就無法維持生物該有的形狀，到時能逼得他們動彈不得。

我在神鳥試煉那時有實驗成功，因此有一試的價值。

「或者是凍結。」

如果不需要打倒，只是要讓他們無法行動的話，那就有各種手段可以嘗試。

如果是芙蕾雅的冰屬性魔術，過好幾天都不會溶解。

恐怕那就是如今的最佳解答。

「哎，前程未卜，吉凶難料啊。」

我一人喃喃自語，返回大家等著我的家中。

記得今天是疼愛劍聖克蕾赫以及妹妹公主艾蓮的日子。

克蕾赫有副經過徹底鍛鍊的好身材，緊實度也十分良好。

艾蓮尚未發育完全，肉感也不足，但卻散發出一股妖豔的魅力，既溫柔又溫暖，會讓男人為之興奮。兩個女人都是極品。

這個組合挺少見，但說不定意外地不錯。看我把精華灌滿她們的蜜壺。

◇

克蕾赫和艾蓮都失去了意識。

都是因為遇到布列特，害我興奮到血脈賁張。

我把這股滾燙的意志發洩在她們兩人身上。

兩人不省人事之後，我依舊無法壓抑這股情緒，所以我用昏迷的這兩個人冷卻沸騰的心。

這種感覺也不錯。簡直就像把她們倆當成處理性慾的道具，強烈刺激著我的征服慾。就在我做著這種事時，紅蓮走了過來。

她現在是小狐狸的模樣。

「嗚嗚嗚，主人好臭。」

然後突然說了很失禮的話。

「因為我在做愛做的事，會有這種氣味是當然的啊。」

「不是這個意思的說。如果要每次都去在意主人的交配情事，紅蓮可是會發瘋的說。剛才說的臭味是指黑暗的味道。敵人的味道。」

紅蓮豎起尾巴上毛茸茸的毛，嗚嗚地發出低吟。

「我遇見了纏繞黑色瘴氣的男人，可能是因為這樣吧。」

「肯定就是那傢伙的說。真虧主人能平安活下來的說。主人雖然很厲害，但終究還是個人類吧。」

「妳知道黑色瘴氣是什麼嗎？」

「知道，但是紅蓮不能說。那是禁止事項的說。唯一能說的，就是那個是紅蓮的敵人。」

原來如此，所以她才會這麼警戒。

我突然湧起一股惡作劇的念頭。

我衝向紅蓮把她抱起來。柔軟蓬鬆的小狐狸抱起來觸感果然很好。啊啊，好想就這樣一直抱著她。

「放～手～的～說～好臭！主人裸體好噁心，而且還全身臭汗的說！」

懷裡的小狐狸正在拚命掙扎。

她非常認真在抵抗。要是做得太過火會被她討厭的。差不多該放了她嗎？

當我這樣思考後，紅蓮從我的手臂中發出光芒。

這傢伙要放出火焰？不對，這不是普通的火焰。是閃耀著白色光芒的火焰。我不覺得熱，反而覺得很舒服。這是怎麼回事？

「呼，這樣就沒有臭味了說。但還是要放開紅蓮，這樣很熱！是在虐待使魔的說！」

我楞在一旁，按照紅蓮所說的放開她。

於是紅蓮與我拉開距離，開始整理自己的皮毛。

「難道說，妳能消除瘴氣嗎？」

「紅蓮是神獸，這點小事是理所當然的說。」

她停止繼續梳毛，挺起胸膛擺出得意模樣。

如果她在外表是狐狸耳朵少女時做這個動作會讓人火大，但小狐狸的外型做起來反而惹人憐愛，實在不可思議。

雖說我很驚訝她能消除瘴氣，不過這實在是天外福音。

除了我之外，又多了一個手段打倒遭受黑色瘴氣侵蝕的騎士。

如果擁有黑色瘴氣的敵人出現，我可以用【改惡】或是毒藥，芙蕾雅能把對方凍成冰塊，而紅蓮能施展沒有熱量的火焰消除瘴氣來對付這種敵人，十分管用。

「紅蓮，妳意外地有用啊。不僅能當我的替身，還能淨化我苦無方法應對的黑色瘴氣。」

「當然的說！神獸是只有在被世界需要時才會誕生的說。既然紅蓮出生了，就表示這個世界需要紅蓮的說！」

「原來如此，我很明白這點。是說，妳講出來不要緊嗎？」

「嗷！應……應該勉勉強強過關啦！」

紅蓮雖然很能幹，但真的是少根筋。

她很不安分，被誇獎的時候會得意忘形，而且個性很自我中心。

到底是像誰啊？

她的人格是透過還是蛋時吃周圍人類的精神以及魔力雕塑而成，看來是吃太多站在旁邊的夏娃的精神。

要是能稍微更像我一點，應該就能表現出冷靜與深謀遠慮的一面。

「紅蓮，妳老是會說想睡啊。快點睡吧。」

「紅蓮難得來擔心主人耶，不管你了說。」

紅蓮回去了。不知為何，紅蓮很中意夏娃，我沒有和夏娃交纏的日子，她都會鑽進夏娃的被窩。

「紅蓮說了很有趣的話啊。」

我從今天和紅蓮的對話發現了新的事實。

我一直以為黑色瘴氣頂多是魔王授予吉歐拉爾王的魔族能力。但仔細想想的話會發現不太可能。

那股力量實在過於強大。一介魔族或是魔物身上不可能會有這種力量。

要是在第一輪的世界就存在如此強大的力量，肯定會被魔王利用，讓我們吃足苦頭才是。

既然身為神獸的紅蓮是為了對抗這種瘴氣才誕生在這個世上，這個黑色瘴氣說不定比魔王更難對付。

是說事情根本就亂成一團了啊。

第二輪和第一輪的情況可說是天差地遠。

儘管有部分是因為我打亂歷史所造成的影響，但肯定有某種存在對歷史造成了更大的影響。

我想知道那究竟是什麼。

如果某個存在擁有干涉世界的力量，那對想要按照自己期望改造世界的我來說就是敵人。

「沒有足夠的情報思考，再繼續想下去也不過是毫無根據的妄想。算了，我也睡吧。」

我把臉埋進不省人事的克蕾赫胸前，閉上了眼睛。

最近，我習慣把臉埋在與我共度春宵的女性胸前睡覺。

因為這樣做能讓我安心。

◇

作戰內容決定，將在一週後執行。

我們朝向魔王支配的城鎮出發。

而且為了不讓魔王察覺，我們特地繞了一大圈迂迴前進。

加洛爾等人目前正在洩漏假情報。

夏娃的替身已從另外一條路線出發，掌握了這個消息的魔王正在那嚴陣以待。

多虧有聲東擊西的這批人馬，我們才能安全接近敵陣。

而對現任魔王支配底下的主要都市，會交由其他種族襲擊，他們也已經出發。當然，他們會在襲擊前一刻改變路線，襲擊不同的城鎮。

和魔王的決戰已經近在眼前。

已經無法再回頭了。這台馬車上聚集了我所有的女人。

每個人都有著強項，是十分出色的戰力。

「夏娃，妳會怕嗎？」

夏娃的手在顫抖。黑色羽翼看起來比平常更小。

這是理所當然。要是夏娃召喚的神鳥降下的死亡之雪沒有毀滅城鎮，眾人就會被魔王的壓倒性戰力一口氣擊潰。

到時己方將會全軍覆沒。

「我很怕……可是，只要有凱亞爾葛在身邊，我就覺得不要緊。」

我握緊夏娃顫抖的手並和她接吻。

於是，她不再顫抖。

「放心吧，夏娃由我來保護。畢竟我是妳的戀人啊。」

「嗯，我相信你。」

夏娃用溼潤的眼瞳注視著我。

「不過還真可惜啊。」

「你是說？」

「如果接吻還不能讓妳安心，我原本還想說接下來要做更驚人的舉動呢。想不到妳這麼輕易就不抖了。」

夏娃聽完面紅耳赤，鼓起臉頰回嘴：

「真是的，都這種時候了，凱亞爾葛……凱亞爾葛你這個人喔——————！」

看樣子她的緊張以及不安都徹底煙消雲散了。

這樣就行了。

因為實在無聊，所以我就玩弄夏娃享受了一下。其他成員也覺得這樣的景象看來很溫馨。

再過幾天，我們將會抵達魔王的大本營。

我將獲得名為【賢者之石】的重啟裝置，而夏娃當上魔王的那一天也快到了。

我的女人將成為魔王。到時我就能做比以前更加有趣的勾當。

……想必會有人出來礙事，但我會讓那些傢伙全都受到報應。

我對於想掠奪我的傢伙，討厭到就算千刀萬剮也難消心頭之恨。

第十二話 回復術士遇襲

我們搭乘的馬車朝著魔王都前進。

由魔族擔任馬夫駕馭著魔物。不是人類經常使用的馳龍，而是擁有像岩石般肌肉的巨大野豬。

這是鐵豬族使喚的魔物，正以驚人的速度牽引著馬車。

「按照這個速度，我們可以按照預定在五天後抵達呢。」

「我賭上鐵豬族的尊嚴，一定會比魔王掌握的情報還提早兩天抵達。」

我和鐵豬族族長在談論有關今後的日期。

透過加洛爾洩漏給魔王的情報中，提到我們會在七天後發動襲擊。

我們也派出誘餌，按照洩漏給魔王情報之中提及的路線以及日期前往魔王都。

我們的路線是避開主要城鎮的迂迴路線，道路也崎嶇不平。

一般來說，根本不可能比經由主要道路的誘餌更早抵達。

但是我體驗到這個豬型魔物的速度後就明白了。

這樣的確會比誘餌更快抵達。

「雖說速度快是好事，但坐起來的感覺糟透了。」

「畢竟我們以這種速度在這片荒地上前進，忍著點吧。為了欺騙敵人，我們就必須挑戰不可能才行。」

「說得也是。」

選擇與誘餌目前前進的不同路線，根本不可能率先抵達魔王都。

正因如此，這次奇襲才得以成立。

問題是……

「凱亞爾葛大人，世界在來回打轉。」

「休息……請讓我休息。我快要在凱亞爾葛哥哥面前失禁了。」

是芙蕾雅和艾蓮。

有著桃色秀髮的這對姊妹正一臉鐵青。尤其是艾蓮都快要吐了。

她們正在暈車。畢竟搖得這麼激烈，這也無可奈何。

「剎那和克蕾赫真了不起。馬車這麼搖晃，妳們居然無動於衷。」

「嗯。剎那是個戰士，鍛鍊方法不一樣。」

「我也徹底訓練過半規管。要是因為些許搖晃就導致身體狀況變差是無法戰鬥的。」

剎那一抽一抽地抖動狼耳得意地回應我，克蕾赫則是邊用手壓住銀色秀髮邊回答。這兩個人確實有練過。

「不過，我倒是很訝異連夏娃都沒事。」

「呵呵呵，你不知道嗎？有翅膀的生物是不會暈船的喔。」

我第一次聽說。

算了，既然擁有飛在天空的能力，就算半規管發達也並非什麼怪事。

總之，得設法解決芙蕾雅和艾蓮的問題。

「【恢復】。」

我治癒她們的身體。

「謝謝，得救了。」

「凱亞爾葛哥哥果然最棒了！」

「不用謝我。先喝下這個吧。我用手邊的藥草湊合著做了暈車藥。應該會有效。」

之所以會說「應該」，是因為我手邊擁有治療暈車功效的藥草實在不多。不過應該能多少讓她們放心吧。

她們兩人喝下恢復藥後各自向我道謝。是因為多少有些效果嗎？用完【恢復】之後，她們臉色不再蒼白。此時，克蕾赫目不轉睛地盯著我和大家之間的互動。

「我有聽說凱亞爾葛從以前就和芙列雅公主……嗯咳，和芙蕾雅以及剎那就是那種關係，但不知不覺間又增加了呢。」

「妳事到如今還在說什麼啊？」

和克蕾赫會合後已經過了好一段時間。

她們彼此都已經自我介紹過了，而雖說早上是屬於剎那的時間，但我在晚上會以輪流方式同時和兩人做愛。

當然也有讓克蕾赫夥同其他女人和我共度春宵。

「……因為我為了融入環境就煞費了苦心，根本不好意思詢問。」

克蕾赫滿臉通紅。她這種地方真是有點可愛。

「夏娃是我的戀人，艾蓮是我的妹妹。」

「她稱呼你為哥哥，所以我大概猜到了，但你之前和我們兩個一起共度了一晚對吧？」

「我認為只要有愛就沒有關係。」

克蕾赫露出有些傻眼的表情。然而，她卻自己擅自在心裡做好妥協。

她肯定是從外表就看出我們之間沒有血緣關係，所以擅自編了一個奇怪的故事吧。

「我整理一下狀況。芙蕾雅是凱亞爾葛的協助者，現在是隨從。」

由於克蕾赫知道我隱瞞她貴為公主的身分，特意用了協助者這個方式表達，看樣子，她似乎記得起初在拉納利塔相遇那時，芙列雅假裝為我隨從的設定。

「是的，沒錯。」

芙蕾雅只是點頭回應，然而她本人卻不覺得自己就是芙列雅公主。

她深信自己是扮演著芙列雅公主藉此欺騙克蕾赫。芙蕾雅是我的所有物（玩具），無論身心都為了侍奉我而感到喜悅。

「剎那是凱亞爾葛的奴隸對吧。」

「嗯。剎那是凱亞爾葛大人的所有物（玩具）。會為了凱亞爾葛大人竭盡心力。」

剎那得意洋洋地說出會讓讓部分人士皺起眉頭的台詞。

真是好孩子。晚點再盡情疼愛她吧。

「然後，夏娃是凱亞爾葛的戀人對吧。只有妳的待遇莫名地好呢。」

「呵呵呵，還好啦。因為凱亞爾葛再三央求我，所以我才成為他的戀人。凱亞爾葛外表看起來那樣，但也有可愛的地方喔。」

這話聽起來微妙讓人不爽。就用和對待剎那不同的方式疼愛她吧。

我要讓她哭得唉唉叫。

「然後，艾蓮是凱亞爾葛的妹妹對吧？」

「沒錯。凱亞爾葛哥哥非常疼愛我。」

她面紅耳赤，害羞地把頭搖來搖去。

……我偶爾會在心裡有個疑問，艾蓮真的是那個諾倫公主嗎？

芙蕾雅和以前也有很嚴重的落差，但是諾倫感覺差距更大。

然而，她偶爾確實會表現出身為軍師的資質。

「我大致上明白了……那我算是凱亞爾葛的什麼？」

「是戀人。就和夏娃一樣。」

我擁抱她並接吻。而且還是大人的吻。

克蕾赫頓時滿臉通紅。

雖然看起來這樣，但克蕾赫對我用情最深，性慾也比常人強上一倍。

這是因為我在她過著禁慾生活的那段期間透過藥物和魔術，並施加些許的催眠洗腦她。

我的女人們以五花八門的反應凝視我和克蕾赫的接吻場景，鐵豬族族長則是把臉別開。

他個性剛毅，似乎不擅長應對這類事情。

由於這趟旅程得連忙趕路，加上鐵豬族也在旁邊，自然得克制性事，但是我差不多快忍到極限了，女性們也明顯在欲求不滿。

今天晚上還是搭起我為了以防萬一帶來的帳篷好好享樂吧。

儘管聲音會被人聽見，但這點程度就忍耐吧。

平常的話我一次只會疼愛兩個人，但畢竟讓大家忍耐這麼久了。今天就一次疼愛所有人吧。再怎麼說這都是我第一次和每個人同時享受魚水之歡，頗讓人期待啊。

先喝下用來提昇精力的特製恢復藥吧。

只是我的那話兒只有一根，實在是力不從心。

就讓習得了各種技術的剎那跟芙蕾雅代替我疼愛其他女人吧。

當我在腦中胡思亂想的時候。

原本事不關己，一直維持小狐狸的模樣縮成一團睡覺的紅蓮突然奮力起身。

「好臭，真的很臭的說。」

不是單純的胡言亂語。既然貴為神獸的紅蓮會說臭的話，表示……

「所有人都做好隨時會被襲擊的準備。」

那幫傢伙應該接近我們了。我把頭探出窗外，觀察周圍的氣息。

來了。面無表情騎著馳龍，宛如人偶般的騎士們突然從後方殺出，逐漸逼近我們。

「凱亞爾葛，那些傢伙是什麼來歷？簡直就像是人偶啊。我感覺不到任何精氣。」

真不愧是武人，鐵豬族族長的洞察力十分敏銳。

他看出那個騎士並非一般人類。

「他們原本是人類，但是卻被魔王身邊的某種存在扭曲為不知名的生物。不管用砍的還是用燒的，他們也會立刻再生。戰鬥只是白費功夫。能甩開他們嗎？」

「別無理取鬧了。這只魔豬身上帶了這麼多行李，根本逃不過馳龍的追擊。」

「這樣啊，那麼就交給我們吧。」

因為有【砲】之勇者的忠告，我早就有吉歐拉爾王國會從中作梗的心理準備，只是沒想到襲擊會來得這麼快。

「芙蕾雅、紅蓮，妳們跟我來。其他人留在馬車。對方是不死之身，妳們沒辦法對抗。」

所有人老實地點頭。沒有人在這一刻提出反對意見。

……不，等一下。

由於芙蕾雅是四屬性的魔術士又可以使用冰之魔術，因此我判斷她能擋住不死戰士。

剎那的種族是冰狼族。儘管她給人的印象主要是運用冰爪使出格鬥術，但既然她能製造冰爪，應該也能運用冰之魔術才對。

「剎那，妳能把他們一個個結成冰塊嗎？」

「因為用砍的比較快，剎那沒有試過。可是，如果是現在這等級的剎那，肯定辦得到。」

「很好，那麼妳也跟過來。」

「嗯。剎那會加油。」

我用公主抱抱起芙蕾雅，在紅蓮爬到我的頭上後，我就這樣從馬車上一躍而下。

剎那也跟著輕快地跳了下來。接著我把芙蕾雅放下。

共有七名騎著馳龍的騎士追了上來。

所有人都是不死的騎士。

「芙蕾雅，用冰魔術把所有人都凍住。」

「明白了！」

隨著芙蕾雅詠唱咒語，她的魔力量也跟著攀升。從這股魔力量逆推回去，是第三位階魔術。

一般的魔術士得花上好幾分鐘詠唱。

但芙蕾雅要發動第三位階魔術只需要幾秒鐘。【術】之勇者可不是浪得虛名。

「第三位階魔術，【冰牢】！」

無數的冰柱從地面上冒出。

然後，所有被冰柱刺穿的物體全都被凍成冰塊。

就算是不死之身，一旦結冰也自然會動彈不得。

我的推論是正確的。那些不死騎士一動也不動。

這可是由超一流魔術士所生成的冰塊。要花上幾天才會融解。

然而，這招似乎沒有將敵人全數殲滅。位於兩側的騎士從馳龍身上跳下，逃出了【冰牢】的範圍之外。接著拔出佩劍，朝這邊步步進逼。

「剎那去右邊，紅蓮去左邊，拜託妳們了。」

「嗯。交給剎那吧。」

「真是會胡亂使喚使魔的主人的說。」

兩個人飛奔而出。

首先是紅蓮。她翻了個跟斗，變回狐耳美少女的模樣後把手向前張開。

頓時顯現出白色火焰的彈幕。

「好臭，消失吧。紅蓮最討厭那個臭味的說。」

她就像是丟垃圾一樣釋放出白色火焰。

當白色火焰碰觸到騎士的瞬間，一口氣燃燒了起來。

我也曾經試過用焚燒方式對付。但當時他們卻從煙和灰燼之中再生。

然而，白色火焰並非是單純的物理現象，那就像是將不淨之物燃燒殆盡的一種概念攻擊。

紅蓮雙手環胸，一臉得意。

不死的騎士遭到消滅。這股力量實在可靠。

我望向剎那那邊。

她在兩手纏繞冰爪，正準備衝入騎士懷裡。

不會吧？難道她打算違背我的命令像平常那樣切碎敵人嗎？

不，剎那絕不可能這麼做。

剎那閃過騎士的攻擊，用冰爪刺進他的胸膛。

結果，騎士從體內開始逐漸結凍。

看樣子，剎那是為了更有效率地結凍對手才會故意在近距離戰鬥。

不死騎士動彈不得了。

「剎那、紅蓮還有芙蕾雅，辛苦了。這是一次很好的實驗。看來就算對手是不死的敵人，妳們幾個也有辦法一戰。」

針對不死騎士的對策在之前終究只是紙上談兵。

能趁現在證明管用，對之後的影響非常大。

況且如果能以這種方式應對，就有辦法活用夏娃和克蕾赫。

她們可以負責保護芙蕾雅或者是從旁支援。

即使她們無法殺死騎士，也可以拖延時間直到結凍敵人為止，對戰局會有很大影響。

只要把敵人切碎或是打成蜂窩，他們在這段時間就會無法動彈。

之後就可以安心使用淨化火焰燒燬他們或是結成冰塊。

「只是讚美根本不夠的說！紅蓮要求獎勵的說！具體來說就是肉！」

這傢伙依舊這麼任性。

算了，既然是可愛寵物的請求，這點程度我就滿足她的願望吧。

我從跨包中取出紅蓮專用的肉乾扔了出去，她以少女模樣就像咬住飛盤那樣牢牢接住，搖著尾巴津津有味地咀嚼肉乾……真是莫名的景象。

「這次是贏了……但很糟糕啊。」

不能就這樣開心。

魔王對我們的行動應該毫不知情，但竟然會有不死騎士突然襲擊。而且還是早就埋伏在這裡等我們。

這個事實相當沉重。

代表情報已經從某個地方洩漏出去了。

那個村落不只有魔王的爪牙，想不到竟然還有吉歐拉爾王國的間諜。

這次襲擊魔王都的計畫，想必會變得相當棘手。

但既然已經開始行動，也沒辦法停止。

無論發生什麼事，我都會完成我的目的。

第十三話 回復術士抵達魔王都

我們在前往魔王城鎮途中，受到了吉歐拉爾王國的襲擊。

而我針對不死騎士所想的戰略徹底奏效。

將敵人凍成冰塊藉此封住行動，以及由身為神獸的紅蓮釋放淨化之焰打倒他們這兩種方法都有顯著功效。

然而，也不全然都是好事。

我們派出誘餌吸引魔王注意，趁機從其他路線前進，但卻遭到了埋伏。

這件事非常不妙。

這證明王國那方的間諜早就潛入村落。既然消息已經走漏給王國，那麼魔王那邊也很有可能掌握了這個消息。

關於這件事，我也告訴了擔任夏娃護衛的鐵豬族族長。

「所以，你打算怎麼做？」

「也只能就這樣繼續進行作戰了……不，乾脆把執行的日子再提早一天吧。要是連自己人都被蒙在鼓裡，自然能攻其不備。不告訴任何人。靠我們自己的判斷決定這麼做。」

「我明白你的意思，但那是不可能的。因為現在的速度就很勉強了。這些傢伙會死的。」

鐵豬族族長使役的魔豬正以馬和馳龍無法企及的速度一路狂奔。

牠的肌力以及持久力相當驚人。但即使如此也不可能再縮短一天的時間。

如果是用普通的方法。

「不要緊，有我在。【恢復】。」

我對拉著馬車的魔豬使用【恢復】後，原本奄奄一息的魔豬突然恢復了力氣。

我原本只打算幫牠恢復體力，但看來牠以前骨折的舊傷也還沒完全康復，所以我順便一併矯正。

「不僅能治療傷勢，你甚至還能消除疲勞啊。我從未聽過這種【恢復】。」

「因為這是勇者的【恢復】啊。這樣一來應該能縮短一天的時間吧？」

「以全速一路奔馳的話是有可能。但你的魔力不要緊嗎？」

「蠢問題。」

「那我要飆車了！」

馬車的速度有了驚人的提升。

雖說只提前一天沒有太大差別，但我還是希望能多少做點補救措施。

蠢材在失敗的時候，會說當時要是更努力一點就好了……我可不想變成那樣。

◇

我們離開馬車開始準備野營。

由於魔豬夜間視力不甚良好，在晚上趕路十分危險。而且就算能幫牠恢復體力，也無法恢復牠疲累的心靈。

所以有必要讓牠獲得充足的睡眠時間。

就這點來說我們也一樣。

要是不在晚上好好休息，抵達魔王都時我們也會身心俱疲。

儘管鐵豬族人是可靠的守衛，但一直和他們在一起實在吃不消，所以我們在離開他們一段距離的地方升起篝火。今晚我們幾個就搭帳篷好好在裡面睡一覺吧。

用完晚餐了。

我使用了至今儲備的魔物肉之中最頂級的肉品，而且為了補充精力還用了昂貴的蔬菜，製作出最棒的佳餚。

大家都開心地想要再添一碗。

這樣一來，想必今晚也能好好快活一番。

「紅蓮，我可以拜託妳一件事嗎？」

「要拜託紅蓮的話，得先表現妳的誠意的說！」

小狐狸用天不怕地不怕的口氣向克蕾赫要肉吃。

居然這麼厚臉皮，這傢伙到底是像誰啊……

「我給妳肉乾吧。」

克蕾赫把肉乾遞給她。小狐狸瞧見肉後衝了過去，一眨眼的工夫就吃完了。

「真好吃的說。不用多禮，妳就說說看吧！」

「我希望妳能試著把淨化之焰纏繞在我的劍上。一般的劍當然不可能，但我認為葛萊列特家的傳家寶劍或許有辦法做到。因為這把劍是為了砍斷魔術而製的劍。」

我之前就察覺到克蕾赫換了一把新的劍。

那是附加了魔力的寶劍。

然而，我沒想到那是葛萊列特家的傳家之寶。之所以會拿出這種寶物，代表克蕾赫也已經做好覺悟了吧。

「紅蓮的火焰很厲害的說。要是劍本身無法承受的話可能會熔化喔。就算這樣也沒關係嗎？」

「嗯，我認為這把劍應該沒問題。況且若不這麼做，我只會拖累大家。」

那是做好覺悟的眼神。

克蕾赫拔出佩劍。這把劍很美，既莊嚴又鋒利，體現了克蕾赫給人的印象。明明這把劍著重在功能性，上頭並沒有華美的裝飾，但卻比任何劍都要美麗。

我仔細觀察之後，發現用來斬斷魔術的那個功能，是指在接觸到魔法的瞬間就會吸收那股力量，進而破壞術式的魔術。

而且，製造者已經預測會有這種亂來的使用方法，使用了魔法金屬，製作得非常堅固。

「就算劍壞了也別恨紅蓮喔。那就試試看的說！紅蓮會努力製造出感覺能纏繞在劍上的火焰。」

小狐狸狐嗷了一聲，從鼻尖噴出火焰。

那道火焰命中克蕾赫的劍，纏繞在刀身上。

「好厲害，火焰真的包在那把劍上面了。」

「紅蓮好厲害喔！」

克蕾赫挺起身子，並朝著大約像她腳一樣大小的木頭橫劈過去。

她在纏繞著火焰的狀態下揮劍攻擊。

木頭從切斷的部分慢慢滑落。

然而，火焰卻沒有消失。

「凱亞爾葛，這樣一來我也能和不死騎士戰鬥了。」

「真是讓人開心的失算……只是啊，我得懲罰惡作劇的狐狸才行。紅蓮，妳為什麼要做無意義的威脅？妳之前也對我用過淨化之焰吧。我記得那一點也不燙。何況妳當時也說過，那是只會燒燬不淨事物的火焰。」

紅蓮的眼神開始左右漂移。

「紅蓮好像說過那種話，但又好像沒說過那種話，的說！」

「我可以命令妳告訴我實話喔。」

「嗚嗚嗚，對不起。其實是紅蓮覺得很麻煩的說。」

紅蓮試圖逃跑，我把她的脖子拎了起來。

小狐狸揮動著短小的四肢試圖逃跑。

我把她放在我的大腿上，狠狠打了她屁股。

「好痛！這是虐待，虐待眷屬！」

「這是懲罰。從今以後不准妳因為怕麻煩就說謊。」

「嗚嗚嗚，對不起的說。」

我打了三次後就放她離開了。

紅蓮試圖用手搭在疼痛不已的屁股上，但由於小狐狸的模樣手太短了無法順利搆到，所以她變回美少女的模樣，特地拉下裙子壓住通紅的屁股。

她的狐狸耳朵和尾巴都垂了下去。

「刺刺的說。」

感覺莫名煽情。

算了，現在的紅蓮實在太孩子氣了，根本提不起我的興致。

只要像這樣觀賞就好了。

「總之，紅蓮。如果又有不死騎士出現，妳就幫克蕾赫的劍纏繞淨化之焰。」

「知道了的說。如果是為了消滅那些傢伙，紅蓮也會幫忙。」

這樣一來就約法三章了。

現在連克蕾赫都能夠與敵人交手，應該也沒必要再畏懼不死騎士。

不對，還有一個必須警戒的傢伙在。

【砲】之勇者布列特，能打倒他的人只有我，而且我也不打算拱手讓人。

◇

由於好久沒有跟女人恩愛，當天夜裡興致非常旺盛。

即使是我，要一次疼愛所有人還是很費工夫，但多虧累積了不少，順利讓所有人都獲得了滿足。

要是每天都搞這種亂交派對肯定會耗盡我的精力，但偶一為之倒是讓人相當興奮。

把該做的事情做完後，大家都精疲力盡沉沉睡去。

像這樣信賴著自己，露出無防備睡臉的女性實在勾起我的性致。

儘管我也想睡，但是機會難得，在睡前先慢慢地比較觸感和味道和醒著時有何不同享受一下吧。

不行啊。我明明覺得已經射到一滴不剩了，卻又變得這麼有精神。

要是吵醒她們也讓我過意不去，就想些即使她們睡著依然能讓我發洩性慾的享受方法吧。

◇

我的身心都獲得了適度解放。

拜此所賜，我們的旅程相當舒適。

而在過了幾天後，我們總算抵達魔王的城鎮了。

我們在距離較遠的地方走下馬車，以徒步進行移動。這是少數精銳才能辦到的方法。

或許是因為各地開始展開聲東擊西作戰，有許多像是士兵的魔族從大門離開。

今天是我們執行原本作戰的前一天。

在晚上將會用神鳥之力降下死亡之雪。

到時候，這個鎮上的魔族以及魔物就會被全數殲滅。

這是很卑鄙的手段。因為無關是否要參加戰鬥，所有人都會受到波及。

但要是我們不這麼做的話，就連碰到魔王都辦不到。

「我不想使用這種手段……這是宛如惡魔般的戰略。可是啊，畢竟先走歪路的人是你們，可沒資格抱怨吧？」

我不會忘記的。

我憎恨著把黑翼族的村落趕盡殺絕的魔王軍。

那些人接納了身為人類的我。

他們讓我回想起何謂日常，何謂和平。我在那個村落度過了幸福的時光。

然而那些傢伙卻毀了它。

無論是否要參加戰鬥，一律都被趕盡殺絕。

所以，我和夏娃也要做相同的事。

這是復仇。

我不會猶豫的。

好啦，現在就降下死亡之雪，覆蓋整座城鎮吧。然後，為了死去的黑翼族人報仇雪恨。

第十四話　回復術士降下死亡之雪

我們總算抵達了魔王都。

我們沒有馬上進城，而是用望遠鏡從一座略高的山丘上觀察魔王都的狀況。

有許多穿著得體的魔族以及強壯的魔族。

光是看了城鎮的狀況，就可以得知敵方到底對我們的戰略有多少了解。

舉例來說，如果已經展開大規模疏散，代表我們的行動已經被對方察覺。

我看到商店陳列了大量的蘋果。

……看來我們事先放出假消息說吃蘋果可以防止神鳥疾病侵蝕這件事，已經確實在這裡傳開。

神鳥疾病就連用我的【恢復】都無法製成抗體。區區蘋果怎麼可能防止每過幾秒鐘就會改變性質的疾病侵蝕。

「嗳，凱亞爾葛，也讓我看看。」

不知不覺之間靠了過來的夏娃向我搭話。

明明接下來的工作十分煎熬，然而她卻還是一如往常……而且比平常表現得更加冷靜。

想必她一定是拚命裝得自己很冷靜。

因為她接下來將殺死成千上萬的魔族。內心根本不可能保持平靜。

「不行。」

「為什麼？使喚神鳥的人是我耶。」

「這就是原因。妳不應該去看接下來要殺的對象長什麼樣子。這只會讓妳更難受。」

就連觀察鎮上狀況的我也有了像這樣的感觸。

我們的最終目標，是討伐慘無人道的魔王。

那傢伙害怕受到前任魔王優待的種族奪走自己的權力寶座，所以排斥他們、虐殺他們，幹盡所有不人道的勾當，將同族以及對魔王阿諛奉承的種族拉攏為後繼者。他是死有餘辜。

然而，這次要殺的是城鎮的居民。

只是稍微受到一些恩惠的普通人。每天都拚命地過活。

他們的罪是追隨慘無人道的魔王。

不過，他們和我們一樣都是人。

我有確實分辨出兩者之間的區別。

無論是好人還是恩人，只要是敵人一律殺無赦。魔王之前就派出軍隊……應該說動員國家的力量把溫柔待我的黑翼族人趕盡殺絕。

在那個當下，我的復仇對象就不再是魔王個人，而是由這個魔王支配的整個國家。

但是，夏娃無法像我一樣分得那麼清楚。

她有可能不願殺害善良的一介市民，就算真的痛下殺手，也會在心裡留下沉重的傷痕。

夏娃不應該把人當作是人看待。

他們只是戰力，只是棋子，只是數量。

如果她不抱著這種想法去殺人，內心會承受不住的。

「凱亞爾葛，你在奇怪的地方果然很溫柔呢……所以我才會成為你的戀人喔。我可沒有廉價到因為你很帥或是因為你救了我，就把身體獻給你呢。」

夏娃莞爾一笑，把望遠鏡搶了過去。

她的動作太過自然，我根本來不及反應。

「是嗎，我接下來要殺了這些人啊……他們很普通地笑著，過著普通的生活。」

夏娃以一種莫名鬱悶的口吻喃喃自語。

「我想妳應該明白，要是妳現在說不打算派出神鳥，在反抗魔王的村落生活的那些人就會被趕盡殺絕。除非妳現在討伐魔王並成為新的魔王，否則沒辦法拯救任何人。」

「凱亞爾葛，那種事我很清楚。凱亞爾葛是很溫柔沒錯，但你總是會下意識地瞧不起別人呢。我啊，只是想好好背負這個責任。想徹底理解自己到底做了什麼。否則的話，我沒辦法抬頭挺胸成為魔王。」

夏娃的手在顫抖。

她正在把接下來要殺死的所有人烙印在自己的腦海裡。

「我知道自己的罪孽有多深。但是，我會做的。對我來說，和在這裡過著普通生活的人相比，我更珍惜自己的伙伴。寄宿在我背上的大家，都祈禱我成為魔王，奪回黑翼族的國家。」

夏娃張開她的黑色羽翼。

自從出生以後，身為黑翼族之王的夏娃就擁有一項特技。

【眷屬召喚】。

她的每根羽毛都寄宿著同胞留下悔恨死去後的靈魂，這招能在必要的時候給予這些靈魂肉體的技巧。

在夏娃嬌小的背上，背負著無數的靈魂。

「我會瞧不起別人嗎？的確是有這種可能……抱歉。如果妳想用這種方式背負罪業的話，我不會阻止妳。可是……」

我把手放在夏娃顫抖的手上。

「我至少能像這樣支持妳……雖說今天是艾蓮的專屬日。但要是妳覺得寂寞，覺得害怕的時候就叫我一聲，我會通融幫妳換個順序。」

「噗，什麼鬼啦。凱亞爾葛有時候很脫線呢。不過，我倒是不討厭。」

夏娃靠在我的肩上。

我們倆一起觀察城鎮的狀況。

他們沒有警戒敵人，想必能給他們沉痛的打擊。就執行作戰吧。
……絕對不能失敗。
不僅是為了保護村落的每一個人，也是為了夏娃自己。
對區區人類來說，神鳥的力量過於龐大。
每召喚一次，就會承受莫大的傷害。夏娃說自己還能召喚兩次，第三次就會因此喪命。
但不能認為還有兩次機會。因為每召喚一次，夏娃就算沒死也會失去某些東西。
要讓這次作戰成功，從此以後不再召喚神鳥。

◇

太陽下山了。
開始執行作戰。
降下神鳥的死亡之雪，造成當地一片混亂之後再以少數精銳展開突擊。
突入敵陣時會用上神鳥，我們要坐在牠背上殺進魔王城。
少數精銳是我們的隊伍、鐵豬族的猛將，再加上從村落的各種族之中精挑細選的成員。
「大家，都做好心理準備了吧？」
「請包在我身上，凱亞爾葛大人。魔力十分充裕。現在的話我甚至可以擊發第七位階魔術喔！」

芙蕾雅相當有幹勁。

人類只能使用到第五位階為止的魔術。

但唯獨身為【術】之勇者的芙蕾雅可以使用更上一層樓的魔術。

不過話說回來，竟然是第七位階啊……

在重啟之前的芙列雅公主是在和魔王戰鬥的前一刻才總算學會第七位階魔術，但芙蕾雅似乎已經踏入那個領域了。

這想必要歸功於我傑出的教育方式。

「剎那就算犧牲性命，也會用凱亞爾葛大人給的力量，保護凱亞爾葛大人。」

剎那以充滿堅定決心的眼神看著我。

天生的戰鬥直覺、柔軟又強韌的肉體，加上日積月累的努力。

剎那身上擁有戰鬥所需的一切條件。但她卻礙於低水準的等級上限，因而無法變強。

然而，與我的相遇改變了這一切。

她如今的等級上限已經遠遠凌駕一般水準，直達英雄級別，這都要多虧我每天幫她注入勇者的精華。

而且，她的等級也已經提升到上限值。

如今剎那擁有的力量，足以與吉歐拉爾王國三英雄匹敵。

「就算對手是魔王，只要有我和凱亞爾葛在就不會輸。大家放輕鬆吧。」

有個傢伙身處這種狀況依舊泰然自若。

【劍聖】克蕾赫．葛萊列特。

若只論劍技，在這世上沒人是她對手。而且她還獲得【劍】之勇者的資格變得更強大。

或許是我太自以為是，但是克蕾赫自從和我相遇之後蛻變得更強了。

如果是一對一的話甚至能凌駕在我之上，這少女堪稱是我們的殺手鐧。

「……凱亞爾葛哥哥，我在作戰的立案階段結束的當下，感覺已經把該做的事情都做完了，沒辦法說什麼漂亮話，但我會跟隨你到天涯海角！」

諾倫公主……現在被我消除了記憶成為艾蓮的嬌小少女握緊拳頭。

把原本如此粗略的作戰歸納得如此詳盡，就算突然得提前兩天執行作戰，也迅速地重新修訂計畫。

儘管做的事排場不大，但艾蓮也幫了不少忙。

「紅蓮想快點結束好好睡一覺。可以的話，希望別用到紅蓮的力量就結束戰鬥。」

小狐狸爬上我的頭上打起呵欠。

……為什麼這傢伙就是不會看氣氛呢？可以的話希望她也能說些帥氣的話。

我的隊伍是最強的。

有這麼優秀的成員，根本不可能會輸。

然後，我把視線望向今天的主角。

「夏娃，大家都做好準備了。再來就剩妳了。」

「嗯，我早就已經做好覺悟了。」

夏娃說完後立刻閉眼獻上祈禱，接著張開她的羽翼。

夏娃所擁有的魔力形成一股漩渦。

如果是擁有魔力的人，只要感受到這股魔力量，任誰都會畏懼不已。

夏娃瞪大雙眼，血色的眼眸閃閃發光。她的腳邊出現了巨大的魔法陣。

「遵循古老的盟約在此下令。傳遞狂風和死亡之物，吾人靈魂的伴侶，咖喇杜力烏斯，在此顯現汝之身形！」

隨著夏娃飽含力量的話語，一道門應聲打開。

地面的魔法陣朝向天空投射而去，接著從魔法陣之中出現用翅膀包裹全身的白色巨鳥。

那就是傳遞疾病的神鳥，咖喇杜力烏斯。

「吾主。這樣一來，汝已是第二次召喚吾……原本吾打算問汝是否做好覺悟，還是算了。吾看到那雙眼眸便明白了。這是忠告，把這次視為最後一次吧。下次再召喚吾，汝就會崩壞，無法再繼續當個人類。而且，再下一次就是死。」

「我知道。可是，我需要你的力量。把力量借給我，咖喇杜力烏斯。」

夏娃正面看著神鳥。

神鳥在腳邊製造了一顆白色光球。大小約可容納二三十人。

「吾主的盟友啊，進入這顆球體吧。否則必死無疑。」

我們點了點頭，走進神鳥製造的白色球體之中。

然後，神鳥以雙腳的勾爪抓住白色球體向天空翱翔而去。

夏娃在白色球體中拚命祈禱。

不對，她是在奉獻力量給神鳥。

夏娃的頭髮原本是如同黑色羽翼的黑色。

但是在她突破神鳥試煉時接受了烙印，後來就變為白銀色，在黑翼族村落使用力量時，頭髮更是直接褪色到逼近白色。

這次是夏娃的皮膚逐漸失去光澤。我感覺她的存在逐漸變得飄渺。

我從後面抱住她並灌注魔力。

我不清楚這麼做是否有意義，只是想這麼做而已。

我們來到城鎮上空後，抬頭看到敵人來襲的魔族一個個開始慌張失措。

神鳥對此毫不在意，一路移動到城鎮中心。

接著牠張開翅膀。

開始下雪了。

這並非一般的雪，而是死亡之雪。

死的概念不斷降落在城鎮。

魔族和魔物接二連三地倒下。也有迷信的人衝向商店咬起蘋果，但也是白費力氣，一個個死去。

朝著神鳥射箭的人，甚至馬上失去拉弓的力量而死。

衝向天空的人壯志未酬就墜落死去。

真是壓倒性的力量。這就是足以毀滅整個國家的噬國者。

就算躲在建築物裡，死亡之雪依舊會從屋頂滲透，連裡面的居民也一併殺死。

成千上萬人的性命毫無價值地消散而去。

「凱亞爾葛，我聽得見許多人的死亡。」

夏娃抿緊嘴唇，用幾乎快哭出來的聲音嘟囔。

我不發一語，抱住夏娃的雙手更加用力。

經過五分鐘了。察覺異狀從城堡裡面出來的軍人也都死了。

魔王城內應該有被結界守護的特別房間……如果有人大難不死，頂多是待在那種房間裡的人。

剛才降下的死亡之雪已經削弱敵方九成以上的戰力。

攻陷魔王城的最大難關就是城內數不勝數的精壯士兵，但如今都已消失殆盡。

而且，還附帶了一個好處。

勇者的等級上限是∞，可以無止盡地變強。吸收了成千上萬條性命之後，我的等級已經上升到232這種誇張的數字了。

在第一輪的世界中，就連勇者的隊伍也頂多只到80左右。

夏娃目前和等級上限∞的我、芙蕾雅以及克蕾赫組隊。

最直接的影響應該是來自壓倒性的補正倍率，畢竟三個人的兩倍補正乘了三次後變成了八倍。

而且，芙蕾雅和克蕾赫也我一樣都超越了200級。

能到達這種等級的人，在歷史上恐怕也是前所未見。

「吾主。想必汝已經快要無法滯留吾待在現世。要衝了。」

「嗯，拜託你。」

神鳥奮力揮動翅膀，朝魔王城突進而去。

牠直接衝破城堡的高樓層闖入裡面。白色球體也在此時跟著消失，我們成功侵入了魔王的城堡。

神鳥的模樣逐漸變得透明。

「祝汝等戰無不勝。此次的主人甚是有趣。要與汝離別，吾不勝惋惜。」

神鳥完全消失了。

「凱亞爾葛，對不起。我好像到極限了。再來就……拜託你了。」

夏娃失去意識，我把她的身體抱住。

「幹得好。再來就交給我們吧。」

夏娃已經完成自己的職責。接下來就是我們的工作了。

我要找出魔王，殺了他。

然後，讓夏娃當上魔王。

這樣一來，在結束復仇之後我就能和重要的人一起過著幸福的生活。未來將會變成那樣的世界吧。

那樣的世界真令人期待……是嗎，原來我已經考慮到復仇之後的未來了啊。

第十五話 回復術士突破魔王城的陷阱

由於神鳥降下的疾病之雪，導致魔王都瞬間毀於一旦。

無論魔族還是魔物都被趕盡殺絕。

死亡之雪甚至滲透到魔王城內部，使得戰力呈現崩壞狀態。

事情能進行得這麼順利，大部分要歸功於星兔族流出的假情報。

魔王城內倖免於難的，頂多只有被城內特殊房間的結界保護的人。

以魔王房間為首的幾個要地都被層層結界守護，唯獨那些地方就連神鳥的疾病之雪也無法觸及。

要打倒魔王就得趁現在。

雖說魔王的戰力幾乎壞滅，但只需兩三天，分散於各地的魔王戰力就會回到此處。

要是變成那樣就玩完了。

同樣的手段無法使用第二次。

神鳥的力量對於人類來說過於強大。不僅會帶給夏娃的肉體莫大負擔，甚至還會把靈魂作為代價一併奪去。要是再繼續被奪走靈魂，夏娃會撐不住的。

「我們快點，城內的地圖是正確的吧？」

我詢問鐵豬族族長。

「因為這座城堡從前任魔王的時期一直沿用到現在，所以我手邊還留有設計圖。這裡的構造必須兼顧魔術方面與龍脈兩個方面。不可能說變就變。」

雖說他們遭現任魔王驅逐，但原本這座城就是前任魔王以及被現任魔王放逐的種族在使用。

因此他們對內部構造非常了解。

我們也拜此所賜避開了陷阱，一直線朝著魔王所在的王座突進。

路上看到了許多魔族和魔物的屍體。

所有生物都是在痛苦之中掙扎死去。

這讓我再一次體會到神鳥的力量。

我望向夏娃。

失去意識的她正由鐵豬族的精銳揹在身後。

儘管讓夏娃被其他人觸碰這點令我不太舒服，但我是隊伍的主力。必須要隨時處於備戰狀態才行。

沒辦法治療夏娃這點也讓我很焦慮。

無論任何外傷或是疾病，都能用我的【恢復】治癒。

但是，我的【恢復】無法補充被榨乾到極限的魔力，也無法治癒受傷的靈魂。

我能做的，就是祈禱夏娃清醒，以及為了不讓她的努力白費，確實殺掉魔王。

應該已經跑了三十分鐘吧。

我們停下腳步，抬頭仰望在眼前的東西。

「是封印之門嗎？」

我事前就聽說魔王所在的最上層有好幾道防禦措施。

其中之一就是封印之門。

這扇厚重的大門巨大到必須抬頭仰望。

門上不僅施加了重重結界，還是以奧利哈鋼製成。

如果以蠻力硬闖，恐怕會消耗龐大的魔力。

我不想在和魔王決戰之前犯下那種愚蠢的錯誤。

「凱亞爾葛，鑰匙在這裡。」

鐵豬族族長拿出封印之門的鑰匙。

沒錯，原本這座城堡的主人就是現在村落裡的那群人。

他們身上好歹會有鑰匙。

雖說也有可能在改朝換代後一併更換鎖頭，但畢竟這扇門是以失傳的技術製成，他們應該連這點都辦不到。

鐵豬族一轉動鑰匙，門也應聲開啟。

此時，我的脖子突然感到一陣寒意。

「所有人向後跳！」

就連花時間確認這股寒意的來源是什麼都覺得浪費，我放聲大喊。

站在前衛的我、剎那還有克蕾赫都立刻照我的指示往後跳。

但是，同樣站在前面的鐵豬族精銳集團的反應卻慢了一拍。

這也無可奈何。

要是想活命就得遵照我的指示，在做出行動之後再思考理由，這點我早就徹底灌輸給剎那她們，但鐵豬族不懂這個道理。

於是，他們以性命償還一時遲疑的代價。

白銀的巨大鐵鎚應聲砸下，鐵豬族被直接打爛，當場斃命。

「以奧利哈鋼製成的魔像嗎？挺有意思的。」

出現了兩隻恰巧是我身高兩倍的巨型魔像。

手上拿著粗大的鐵鎚。

肌膚閃耀著白銀的光輝。是魔法金屬中最上級的奧利哈鋼。不僅幾乎所有魔術都對它無效，物理防禦力也很高。

這種對手很難纏。對無機物用【改惡】沒有意義。要用鍊金魔術加工奧利哈鋼也需要花上時間。

而且，似乎就連神鳥的疾病也無法殺死魔像。

……我望向鐵豬族，他們臉上充滿了畏懼和驚愕。

看樣子他們不知道這玩意兒的存在。

也就是說現任魔王好歹也知道該準備新的防禦措施。

接下來前進時最好先做好一路上還有未知陷阱的心理準備。

「集中精神。那傢伙很強。」

我警告所有人。

不過，就算我不明講，只要看一眼就能了解這傢伙的強大吧。

以等級來換算的話約為70。

實力可以匹敵第一輪世界的勇者。要是和這傢伙戰鬥勢必會消耗不少精力……如果是前陣子的我們。

現在則是綽有餘裕。

因為我們殺了魔王都的所有魔族以及魔物數以萬計的性命，再藉由三名勇者組隊獲得了八倍經驗值，我、克蕾赫以及芙蕾雅三人的等級已經超過200。

就算直接蠻幹也能贏。

因此我不耍手段，而是從正面壓制敵人。

「凱亞爾葛大人，把一隻交給剎那。這是久違的強敵，剎那想試試實力。」

我露出微笑。

看來她也有同樣的想法。

就算由我和克蕾赫輕鬆打倒奧利哈鋼魔像，也無法賺到多少經驗值。

所以交給剎那戰鬥讓她變強，才是最確實的做法。

「知道了。右邊那隻交給剎那一個人對付，我們去秒殺左邊那隻。」

我決定在她陷入危機前先在旁觀望。

就讓我見識剎那究竟有多少能耐吧。

◇

戰鬥開始。

眼前的景象令我詫異不已。

克蕾赫揮劍攻擊。那是俐落到無限美麗的斬擊。但光這樣還不足以讓我驚訝。真正驚人的在後頭……克蕾赫的劍像是切奶油似的將奧利哈鋼魔像爽快地切碎。

膝蓋以下的部分被砍掉後，奧利哈鋼魔像崩倒在地，克蕾赫緊接著朝它心臟一刺。

這擊破壞了核心，魔像停止活動。

真奇怪，克蕾赫的劍雖說是名劍，但並沒像奧利哈鋼那麼堅硬。

就物理上來講這是不可能的。

「真虧妳能斬碎那玩意兒啊。」

「只要把集中力提升到極限，物質在我眼裡就像是極其微小的點的集合體。一旦我朝點和點之間使出斬擊，就算再堅硬的東西我也能輕鬆斬斷。更何況在等級提升之後，我變得比以前更擅長操控氣。只要把氣纏繞在劍上就能增加鋒利度。所以這種程度自然不在話下。」

難道說她砍斷了分子與分子的結合處嗎？

我知道劍聖強得誇張，但沒想到會強到這個地步。

這邊的戰鬥結束，我轉頭確認剎那的戰況。

剎那正陷入苦戰。

攻擊奧利哈鋼魔像的冰爪應聲粉碎。然而奧利哈鋼魔像卻毫髮無傷。

從散落在地板的冰塊數量來看，可以明白她已經重複好幾次相同的攻擊。

多虧她與生俱來的速度和戰鬥直覺，目前還沒有遭受到攻擊，可是她臉上已經顯露疲態。

這樣下去早晚會被逮個正著，何況她無法給對方有效的攻擊，再繼續下去也沒有意義。

差不多該讓她收手了嗎？當我這樣思考的時候——

「剎那，先用妳的冰凍結關節。接著再趁魔像失去平衡時蓄力，使出渾身解數攻擊關節。這麼做應該就能打倒魔像了！」

艾蓮大聲提出意見。這方法不錯。

瞄準關節是基本做法。

然而，奧利哈鋼魔像不僅巧妙地隱藏關節又不停地移動。

如果只是要輕輕打中那是好辦，但要以渾身解數打中中非常困難。

雖說那傢伙的關節因為需要柔軟度，材質並非奧利哈鋼，但還是很硬。

光憑肌肉力量使出的攻擊無法成為有效打擊，因此得使出渾身解數給它一擊，可惜剎那的技巧還不到那個層次。然而，若只是要凍結關節的話就容易多了。

只要輕輕碰觸之後再發動魔術即可。

一旦關節結凍，它就會失去平衡而倒下。到時候就能使出渾身一擊收拾它。

「嗯，剎那試試。」

剎那點頭後往前衝去。

她巧妙地閃過敵人的攻擊並碰觸膝蓋關節，把冰吸附在關節上加以固定。

奧利哈鋼魔像打算回頭，卻因為關節被冰固定，失去平衡倒在地上。

一切都按照計畫進行。

「太好了。剎那，不會放過這次機會！」

剎那躲開倒下的魔像並繞到側面，從容不迫地賞它一發渾身解數的攻擊。

關節連同冰一起遭到粉碎。

奧利哈鋼魔像失去了膝蓋以下的部位。

這樣一來它就失去戰鬥能力了。

「艾蓮，謝謝妳。剎那以前覺得妳派不上用場，抱歉。」

「畢竟我除了腦袋(這裡)就沒有可取之處了。得趁這種時候大顯身手才行。」

剎那和艾蓮對彼此點頭致意。

這畫面真是不錯。

後來戰況就呈現一面倒的局面。

她把根本無法站起來的奧利哈鋼魔像逼到絕境，挖出了核心。

剎那靠著艾蓮的建議，打倒了奧利哈鋼魔像。

……我原本只以為她能打得有聲有色，但沒想到會打贏。

真是令人開心的失算。

「凱亞爾葛大人，剎那贏了。」

「幹得好，很了不起喔。」

我撫摸剎那，於是她開心地搖著白色的尾巴。

面對等級相當於70的敵人也不會陷入苦戰，真令人開心。

如今不管是魔族還是人類，幾乎沒有人能打贏剎那了吧。

我們把打倒的奧利哈鋼魔像的碎片收集到袋子裡。

畢竟奧利哈鋼是稀有金屬，入手機會可是少之又少。

就心懷感激地收下吧。

順便也放在上衣內袋裡面，可以當作護身符。

「打倒守門人了。我們快前進吧。」

我這樣說完，大家點頭贊成後開始往前衝去。

失去同伴的鐵豬族族長一臉沉重，但或許是因為他已經習慣這種事，馬上就切換心情跟上我們。

再來，只要把少數的倖存者打倒，就能抵達魔王的所在之處。

最終決戰逼近了。

為了夏娃，我一定要贏。

第十六話 回復術士交給他人殿後，往前邁進

來到魔王城的我們打倒了守門人奧利哈鋼魔像，繼續往深處前進。

「能見證剎那的成長是很令人高興，但現在可不能顧著開心啊。」

我變得更加專注。

問題在於奧利哈鋼魔像是前任魔王的時代不存在的守衛。

從現在開始，最好認為前面都是預料之外的敵人以及陷阱。

我把用【模仿】得來的特技切換為探索類的能力，並充分活用塞在我腦海裡那群身經百戰的勇士的知識。

這個效果立竿見影。

……受不了，生活在這種滿是陷阱的地方應該很不方便吧。

設在這裡的陷阱數量多到讓我傻眼。

能迴避的我就設法避開，無法迴避的就故意去觸發擋下來，連這樣都有困難的陷阱就花時間解除。

「凱亞爾葛大人，好厲害。你看穿了所有陷阱。」

剎那發出敬佩的聲音。

「還好啦。我大概看得出來。因為我很擅長應付這種事。」

我故意踩下陷阱，接著立即後退。

下一瞬間，就有無數長矛從天花板刺出。

長矛上有血跡。而且還非常新。

我從未聽說有人敢潛進魔王城。換句話說，這證明是他們自己不小心誤觸陷阱。

這也難怪。畢竟設下了這麼多陷阱，自己人當然也有可能誤觸。

我從這點可看出魔王的個性。

生性多疑，極度膽小。

否則的話，應該不會讓自己住的城堡到處都布滿陷阱。

他之所以在當上新任魔王後立刻把前任魔王的親信統統趕走，想必也是因為個性使然。

一般來說，就算要這麼做也會花時間慢慢進行。

要是不好好辦妥繼承事宜，勢必會讓國家陷入一片混亂。畢竟所謂的國家並沒有單純到某天突然換了領袖還能若無其事地運作。

……就這個層面來看，我們這次的作戰也相當危險。

把首都的人類趕盡殺絕，甚至殺了國王取而代之，接著再招集人民在此集合。

雖說只要是魔族，都能藉由魔王擁有的強制力讓他們無條件服從，但不能太過於相信那股力量。

除非直接把自己的意圖傳達給人民，否則無法發動魔王的強制力。

況且，還存在著對魔王候補不管用的這個漏洞。

可以說成為魔王之後才是重頭戲。

到時恐怕會在各地發生叛亂或是暴動，現任魔王的勢力會以打游擊的方式與我們敵對這點也是顯而易見。但即使如此，我們也別無他法了。

「終於要離開這樓層了。」

我們穿過充滿陷阱的房間，走到了上面的樓層。

「凱亞爾葛大人，只要再往上一層樓就到了魔王之間。只需要再忍耐一下了。」

鐵豬族的其中一人發出了興奮的叫聲。

意外地掃興呢。

我原本以為會出現更難對付的敵人。

或許是因為我在那亂插旗吧，那些傢伙出現了。

「不准你們再前進了！」

「別以為能打倒我們親衛隊。」

一群自報名號，叫作親衛隊的集團出現了。

是有張獅子臉的人型魔族。全身上下都覆蓋著毛皮，力氣似乎很大。

我用【翡翠眼】看穿他們的戰鬥力。

不愧是魔王的親衛隊。每個人的等級都超過60。

等級上限達到60是規格外的存在，非常罕見。

而且除了十個這種敵人外，他們還帶著一頭有著蛇尾的獅子型魔物，那是上級魔物蠍獅。

想必他們是待在有結界保護的魔王之間待命，所以才能在死亡之雪的攻擊下倖免於難。

「凱亞爾葛大人，我等的任務是將諸位毫髮無傷地送到魔王面前。這裡就交給我等，各位請繼續前進吧。」

鐵豬族扯開嗓子大喊。

他們這些人要說強也算強，但與親衛隊相較之下明顯遜色不少。等級頂多在40左右，而且身邊也沒帶任何魔物。

他們很明顯沒有勝算。

「我知道了，就交給你們吧。可別死喔。」

但是他們的眼神抱著必死的決心。我不會那麼不識抬舉踐踏他們的覺悟。

他們肯定也想找到與我們同行前來魔王城的意義。

要是毫無作為的話也不過是累贅罷了。他們就是無法忍受自己像個跟屁蟲一樣跟在我們身後，才會請纓要絆住親衛隊。

看在他們這股氣概的份上，送他們一個禮物吧。

「【改變】。」

我【改變】了鐵豬族。

我無法改造他人的狀態值。

所以換成解除了他們大腦的限制器，藉此引出百分之百的力量，更讓他們進一步分泌過剩的腦內麻藥，這樣就不會感到疲勞或是疼痛。

這樣一來，至少能與對手勢均力敵打一場了吧。

「我充滿了力量。這下子贏定了！」

「感激不盡，凱亞爾葛大人。」

「不用道謝。因為要是你們倒下了，可是會有人從背後偷襲我們啊。」

即使在這種狀態下正面交鋒，鐵豬族依舊會輸。

就相信他們擁有無法以等級或是狀態值表現的強悍吧。

……不過，雖說要交給他們，但我們不先殺出重圍也沒戲唱。

我用眼神打了個暗號，叫剎那等人靠近我身邊。然後要鐵豬族把夏娃交給剎那讓她扛在肩上。

如果用公主抱的話騰不出雙手。所以用對待行李的方式扛著最為合理。這樣至少還有單手可用。

「突破！」

我大喊一聲發動突擊。由我和克蕾赫打頭陣。

「我等親衛隊怎會讓你們通……」

不用多費唇舌了。

擋在我眼前的兩名親衛隊瞬間身首異處。

克蕾赫和我一左一右砍下了他們的腦袋。

對於等級超過200的我們來說，這點程度連熱身都稱不上。

就算由我們當場全滅這些傢伙，八成也消耗不了多少體力。

之所以會交給鐵豬族攔住他們，不過是為了讓他們有表現的機會。

就在那群親衛隊驚慌的時候，我們的隊伍趁機快速通過，鐵豬族則掉頭回來，擋在前面不讓親衛隊通過。

我沒有回頭，繼續往前奔跑。魔王之間就在眼前了。

◇

我們總算抵達魔王之間。

門鎖是開著的，彷彿像是在邀請我們。

「大家，都準備好了嗎？」

「嗯，隨時都可以上陣。」

「如果是和凱亞爾葛大人一起的話，我完全不覺得會輸！」

「想不到……我居然會以這樣的形式和魔王戰鬥呢。」

「我會在後方為凱亞爾葛哥哥加油！我會仔細觀察，要是察覺到什麼狀況就會大聲叫出來。」

剎那、芙蕾雅、克蕾赫以及艾蓮。大家都說了很值得信賴的話。

順便說一下，紅蓮正躺在我的頭上睡覺……這隻臭狐狸。

此時，躺在剎那肩上的夏娃清醒了。

剎那告訴夏娃目前的狀況。

「妳感覺如何？」

「糟透了。感覺天旋地轉的。不過幸好我有醒來。要是清醒之後就變成魔王什麼的，我才不要呢。」

「妳沒想過我會輸嗎？」

「怎麼可能，我根本無法想像凱亞爾葛會輸啊……嗳，凱亞爾葛。就算我成為魔王，你還是會陪在我身邊嗎？雖然我偶爾會忘記，但凱亞爾葛畢竟還是人類。所以一旦我當上魔王，你說不定就會離開我，一想到這點我就覺得好怕……」

「怎麼可能，我是夏娃的戀人啊。我保證絕對會陪在妳身邊。到時候，我乾脆就自稱黑騎士凱亞爾葛好了。」

「什麼鬼啦，你好奇怪喔。」

夏娃笑了。

接著我打開大門，踏進魔王之間。

這個房間很寬敞。既豪奢又莊嚴，卻感覺莫名淒涼。

在房間的深處有個王座。

一名男子正坐在上面。

那個魔族和親衛隊一樣有著獅子頭。

這樣想想也對，膽小的魔王不可能選擇同族以外的人擔任最接近自己的親衛隊。

他的身軀巨大，比親衛隊還要再大上一號。纏繞在身上的魔力也無法相提並論。

等級180。

真不愧是魔王。特技也盡是些不好對付的類型。

雖說等級是我們占有壓倒性優勢，但魔王的特技組合非常麻煩。

然而，就算是再怎麼出色的特技和狀態值……只要我的【改惡】確實命中，一擊就能分出勝負。不需要害怕。

我的理性雖然這樣告訴我，但直覺卻在吶喊，事情不會這麼稱心如意。

在第一輪的世界，姑且不論個性怎樣，但我們隊伍的實力確實是世界最強。但結果出乎意料，當時的魔王夏娃殺死了布列特和布蕾德，芙蕾雅也幾乎是奄奄一息。

要是我不在的話，魔王已經戰勝了勇者。

魔王正是如此超乎規格的存在。

我不可以過於樂觀。

那個魔王抱著巨大的身軀縮得越來越小。

他看起來毫無威嚴，顯得非常孤單。

是注意到我們了嗎？他咧嘴一笑，從王座上挺起身子。

剛才那種不可靠的感覺難以置信地消失無蹤，頓時充滿了身為魔王該有的霸氣。

「來得好，勇者。沒想到黑翼族的少女居然和勇者一起出現。就算是朕也沒料到這點。」

「也是會有這種事啦。再說，你自己不是也和人類聯手嗎？」

我聳了聳肩回應。

「呼哈哈！真是有趣的傢伙。你那種毫不留情的手段也很有意思。人類把魔族以及魔王稱為慘無人道的壞蛋是吧？然而和你們所做的事情相較之下，吾等幹的事情只能算是小兒科……就連朕也沒有下如此殺手啊。」

他是指我們用死之疾病毀滅了魔王都那件事吧。

「我想也是，但我不會找藉口。在殺死你之前先報上名號吧。畢竟你現在姑且還是魔王，就對你表示敬意吧。我是【癒】之勇者凱亞爾葛，是回復術士。」

「余是王獸族的哈克奧。乃是王中之王——魔王。好了，來吧，勇者。試著拯救（殺了）我啊！」

魔王發出怒吼。

於是，我們拔劍朝向那傢伙衝去。

我要贏得這場戰鬥，讓夏娃成為魔王，並獲得【賢者之石】。

第十七話 回復術士與魔王戰鬥

我與魔王哈克奧正面衝突。

魔王是人身獅頭的魔族。

我首先透過【翡翠眼】，看出他有著配得上魔王之名的超高等級與超高狀態值。而且還擁有多采多姿的強力特技。

我不會大意。畢竟他可不是輕敵還能戰勝的對手，要確實以【改惡】分出勝負。

為了貼近他，我需要他露出破綻。

「剎那、克蕾赫，妳們兩個擔任前衛。絕對不能接下他的攻擊……要全部閃開。」

「嗯，交給我。」

「明白了。」

剎那和克蕾赫飛奔而出。

剎那伸出冰爪，克蕾赫拔出佩劍。

她們兩人打算從魔王哈克奧的左右夾擊，在移動時也設法讓另一人衝入魔王死角。

然而，魔王卻十分從容地從王座上挺起身子。

他伸出利爪，上面還泛著黑光。

那武器的風格和剎那的冰爪很相像。但他的身軀龐大，爪子也自然更為凶猛。

爪子甚至比剎那本人更大，這代表攻擊距離相對更遠，剎那的冰爪根本無法相提並論。

而且不僅如此，每一根利爪都銳利無比，還纏繞了一股暗黑的力量。我想八成連魔劍都能撕裂吧。

……不，這不是預感，我很肯定他辦得到。

儘管從他巨大的身軀難以聯想，但他擁有【腐蝕】這項特技。

能一瞬間腐爛自己碰觸的物體。

正因為他有這個能力，我才會要她們別接下攻擊。

一旦擋下攻擊劍就會碎裂，利爪會順勢襲擊克蕾赫她們。

魔王揮舞爪子，攻擊剛才進入射程範圍內的克蕾赫。【腐蝕】的爪子揮舞的速度以快到別說是一般人，就連超一流劍士也無法以肉眼辨識。

他以橫揮的方式攻擊，配合爪子本身的長度，攻擊範圍異常廣。

不能擋下攻擊只能靠閃躲來應對，難度非常高。

如果要閃過攻擊只能往上跳。然而一旦這麼做，魔王哈克奧就會用空著的左手進行追擊將對手逼到絕境。因為在空中無法躲開。

所以，克蕾赫選擇了第三條路。

她在著地的同時往地面奮力一踩，以超高速退回後方。

接著，在我眼前發生了猶如時光倒退似的不可思議景象生。

利爪伴隨著轟隆巨響，從距離克蕾赫臉部幾公釐的地方掠過，在下一瞬間，克蕾赫握劍衝去奮力突刺。她在突進的同時向前突刺。

她看穿了魔王哈克奧的一擊，確信她的劍會比追擊更快命中才使出這一擊。

「喝！」

而且，這個判斷並沒有錯。

克蕾赫的劍確實擊中了魔王。

但是……刀刃卻沒有刺穿他。因為魔王以堅硬的體毛，擋住了【劍聖】的一擊。擋下【劍聖】連奧爾哈鋼魔像都能斬碎的攻擊。

包裹著魔王身體的堅硬體毛本身就是鎧甲。

克蕾赫壓低重心到幾乎貼近地面。此時魔王的強壯手臂從上方掠過，這股強大風壓將克蕾赫吹飛。肉被擦到的部分更是開始腐爛凹陷。

「唔！」

剎那從魔王背後逼近。

由於魔王需要集中所有精力對付克蕾赫，疏忽了對周遭的警戒。再加上剎那的動作輕巧無聲，十分獨特。

因此魔王被接近到這個距離才總算察覺。

剎那很聰明。既然連克蕾赫的一擊都對魔王沒有效果，她自然不會認為自己的一擊能派上用場。

在冰爪與魔王接觸的瞬間，她以觸摸的部分為中心向外凍結。

然後，當剎那察覺魔王哈克奧要轉身對付自己後，便在同一時間自斷冰爪，用全身力量向後跳，逃離魔王的攻擊範圍。

……剎那明白只是結凍無法對魔王哈克奧造成任何傷害。這是布局。

就像是和剎那配合好似的，克蕾赫再次拉近距離，朝結凍的毛皮突刺。

於是毛皮連同冰一起粉碎。沒錯，剎那正是為此才凍住他。

那層毛皮並非是靠單純的硬度擋下克蕾赫的突刺，起了關鍵作用的是柔軟度，以及讓劍失去剪應力的平滑。

一旦冷凍之後，就能抵銷那些作用。

這樣一來，就可以無視棘手的毛皮切肉斷骨。

「竟敢耍這種花招————！」

隨著魔王哈克奧一聲怒吼，覆蓋在那傢伙利爪上的暗黑能量以球體進一步覆蓋全身，接著一口氣爆炸開來波及四周。

克蕾赫用魔力與氣覆蓋全身，剎那則使出渾身解數製作冰牆阻擋。

「好吃力……」

「嗚！不行了！」

就在暗黑爆炸平息的同時，剎那也跟著倒下。她的全身上下都正在腐爛，但還有呼吸。雖說是奄奄一息，但只要活著我就能用【恢復】治癒。

克蕾赫似乎設法擋住了這招，但她也受了很大的傷害。

然而，魔王也因為放出大招氣空力盡，而且還因為打倒剎那，使克蕾赫受到重創而一時鬆懈。

此時一顆火焰球從正面朝著魔王哈克奧飛去。

那是芙蕾雅的魔術。

就算是把千軍萬馬都一併燃燒殆盡的魔術，身為【術】之勇者的芙蕾雅也可運用自如，因此對她來說，這記魔術看起來實在過於普通。

但只是看起來如此。

那顆小小的火球中凝聚的力量，比超越人類極限的第五位階魔術更往上兩個層級，等同於第七位階魔術。

沒錯，那顆小火球中蘊含著將這個世上燃燒成地獄的龐大熱量。

要把力量凝縮在一顆球裡，比正常擊放魔術還要難上數倍。但這麼做的價值是可以爆炸性地提升威力。

魔王哈克奧以纏繞黑色力量的手臂抓住了那顆火球。

我命令芙蕾雅一旦剎那和克蕾赫創造出機會，立刻用渾身解數朝他施放魔術。所以芙蕾雅一直屏氣凝神，等待能確實命中他的機會。

「一個接一個的！別太小看朕啊！」

魔王捏爆了火球。

他用【腐蝕】的力量腐爛了火焰。

但是代價也十分巨大，捏爆火焰的右手已化為焦炭，連番攻擊下來更是讓他的魔力以及體力大幅衰退，開始氣喘吁吁。

連續使出這麼驚人的力量，就算是魔王也會疲憊不堪。

拜此所賜，他現在全身都是破綻……我要使出殺招了結他。

「【改惡】！」

芙蕾雅趁著剎那和克蕾赫製造的機會使出魔術攻擊，然而這也是誘餌。我趁魔王把注意力移到火球的瞬間往前衝去接近到他的腳邊。

真正的殺招是我的【改惡】。

將對手【恢復】為錯誤的狀態來破壞對手的即死攻擊。

目前為止，還沒有任何人能夠擋下這招。

我不會使用神甲蓋歐爾基烏斯。

儘管神裝武具能延伸【改惡】的攻擊範圍，但相對地會犧牲掉準確度，消耗更多魔力。

為了確實收拾魔王，我想要以直接接觸發動這招。

我的雙眼發出光芒。

一只眼睛，是星之精靈賜給我的【翡翠眼】。能看透這世上萬物的魔眼。

另一只眼睛，是神鳥賜給我的【刻視眼】。能看見未來的魔眼。

在我眼前，對手所有能力無所遁形，我可藉此制定戰略，加上我能看到幾秒鐘之後的未來，可以識破對手的臨場反應，摧毀反擊的幼苗。

只要有這兩只眼睛，我就是無敵的。

我用魔眼掌握了魔王哈克奧幾秒鐘之後的行動。

對手打算發動生成幻影的力量，在製作分身的同時移動身體和冒牌貨互換位置，藉此閃過我的一擊。

既然看見這個未來，我自然不會中計。

我冷靜地確認本體位置，無視幻影用手觸碰。

發動【改惡】。

我這次特別仔細地重塑他的身體。堵住心臟的出口、破壞脊髓的傳遞鏈，讓氧氣無法送到大腦。

做到這種地步，人類的身體根本無法存活。

我跳向後方。

魔王哈克奧翻了白眼倒下。

「芙蕾雅！用全力追擊，直到他化為灰燼為止！」

「請交給我吧，凱亞爾葛大人。」

芙蕾雅朝倒下的魔王哈克奧施展追擊魔術。

而我先治療了克蕾赫，隨後衝到剎那身邊對她使用【恢復】，這段期間也一直在提防魔王哈克奧。

剎那因【恢復】的效果從瀕死的狀態甦醒，睜開雙眼。

「凱亞爾葛大人，剎那又輸了。對不起。」

「不，妳已經盡到應盡的責任，做得比我想像中還要好。」

這不是奉承。

實際上，剎那的表現的確出色。

正因為克蕾赫和剎那她們兩個人足以對魔王構成威脅，所以魔王才會沒發現芙蕾雅在詠唱魔術，給了她詠唱時間，以及確實命中魔術的機會。

突然間，【刻視眼】的景象染成一片紅色。這意味著我會在幾秒鐘之後人頭落地。

我拔劍架在脖子前面。

隨後一道尖銳的聲音發出，用來抵擋的劍遭到黑爪侵蝕，立即腐爛斷裂。

因為我早料到會有這種事發生，所以在劍腐爛之前的零點幾秒之間就抱起剎那往後跳。

在我眼前的，是全身完好如初的魔王哈克奧。

這不對勁。

我知道他擁有再生能力。

但是我的【改惡】，擁有改寫正確狀態的力量。

就算他擁有再生能力，也只能回到我重新塑造後的模樣才對。

這就是為何這招可以一擊斃命。

就連遭到暗黑力量侵蝕的騎士，對【改惡】也是束手無策。

而且魔王哈克奧沒有任何特技能夠顛覆【改惡】帶來的效果，這點我也用【翡翠眼】確認過了。

「你看來一臉震驚啊，勇者。你的眼睛可以看到朕的能力吧。正因為看得見，你才無法接受這個結果吧。」

魔王哈克奧露出賊笑。

那是鄙視對方的笑容，他彷彿已確信自己的勝利。

乍看之下他顯得游刃有餘。

然而，那只是表面上。

從以前就一直遭到欺騙的我，可以窺見他面具底下的表情。

這個男人，打從一開始就在畏懼著什麼。對象不是我們，而是其他存在。

「……看來我確實太執著於看得見的事物，而忽略了無法看見的存在。魔王哈克奧，有誰在你背後嗎？」

仔細想想就能明白。

假如魔王哈克奧中了【改惡】後沒辦法繼續戰鬥，那肯定就是有辦得到這點的傢伙在背後幫助他。

只是我實在很難相信，真有那麼一個存在能從我們看不見的距離，隨心所欲地操控魔王的身體？

「看來你的腦袋不差啊。」

「安心吧，我會確實殺了你。那就是你的願望吧。」

接下【改惡】之後還能再生的手段有限。

1.能重新設定為正確狀態的能力。

2.將正確狀態的情報存放在本人身體以外的某處。

兩者擇一。

雖然是我的直覺，但應該是後者。有某人把魔王哈克奧的狀態治癒成他記憶中的模樣。

有可能是和我有同等水準的回復術士。真囂張。

「嗯，殺了朕吧。要是你不這麼做，朕……將會殺光一切。朕很害怕。只要還是魔王的一天，每個人都會背叛朕、輕蔑朕、企圖殺了朕。最重要的是，魔王這個存在也吞噬著朕。自從當上魔王之後，朕的人格就漸漸消失了。告訴朕，朕到底是誰？哈克奧那個人真的是朕嗎？」

魔王哈克奧的身形慢慢變大。

他的身體又大了一圈，變成以四肢著地的野獸。

接著有刀刃穿破肚子從左右兩側挺出來並彎向前方，變質為斧槍的形狀。

眉間長出螺旋狀的尖角，眼神變得猶如野獸。

這是第二型態。

這個外表並非虛張聲勢。我用【翡翠眼】看到了那莫名其妙的狀態值，差點沒被嚇死。

……不愧是魔王。

我以前看到夏娃的天賦值時也是嚇了一跳。

然而，哈克奧的數值更是驚人，而他現在又進一步變身，更增添了兩成實力。

如今的他已經不是人類有辦法對付的等級。

但是，如果他沒這種實力也不值得我出手了。

「看樣子，對手總算肯拿出實力了……我們也必須發揮比之前更強的力量。」

好啦，開始第二回合吧。我已經開始膩了。

既然有人從外部干涉，那我就以此為前提尋找殺死他的方法。

如果是我的話，肯定能辦到。

第十八話 回復術士討伐魔王

魔王哈克奧變化為第二型態。

明明連第一型態都令我們陷入苦戰……這下頭痛了。

魔王哈克奧的能力【腐蝕】非常棘手。

一旦被他碰到便會遭到侵蝕而融解，甚至無法防禦。配合他本身壓倒性的速度，迴避也十分困難。

而且，在防禦面上也非常煩人。他的堅硬體毛甚至能夠彈開克蕾赫的劍。

就算突破他的硬毛給予傷害，他馬上又能再生。

就連我的【改惡】也不管用。

「芙蕾雅，交給妳支援！」

「明白了，凱亞爾葛大人！」

魔王哈克奧從獸人變為野獸，原本只套用在利爪上的【腐蝕】之力進一步覆蓋住全身。

全身都被像那樣以【腐蝕】武裝起來，近距離攻擊就完全不管用了。

畢竟他覆蓋在身上的黑色鬥氣會讓拳頭及劍的攻擊奏效之前，就因【腐蝕】而潰爛。

我發動蓋歐爾基烏斯。如果是神甲的話，可以讓【改惡】以遠距離攻擊。

「第七位階魔術【冰獄】！」

芙蕾雅發動究極的冰魔術。從地面竄出巨大冰柱向天空延伸形成牢獄。

魔王哈克奧被囚禁在冰牢之中，凍結成冰塊。

這並非普通的冰。而是擁有絕對零度，最高級別硬度的魔冰。

既然對手殺不死，就凍成冰塊封住行動。基本上的對策和遭到暗黑力量侵蝕的騎士相同。

然而……

「我想也是。」

擁有絕對零度，最高級別硬度的魔冰開始產生裂痕。

冰塊正遭到【腐蝕】。

看樣子就算把本體結成冰塊，【腐蝕】好像還是會常駐發動……除了這點外我還了解了一件重要的事。如果是像芙蕾雅的魔術這種灌注了大量魔力的攻擊，需要花更多時間才會開始【腐蝕】。

冰之牢獄會被破解在我預料之中。

克蕾赫在魔王哈克奧的正面把劍收進劍鞘，深深地沉下腰。

「【月光】。」

當冰層完全碎裂的同時，克蕾赫就以渾身解數使出拔刀斬。

魔王哈克奧為了粉碎冰層而使用【腐蝕】之力。如果是在冰層碎裂的瞬間，【腐蝕】之力就會和冰層相互抵銷，會有那麼一瞬間處於毫無防備的狀態。

如果是在那一瞬間，就能用劍傷到他。

而且，如果是【劍聖】級別的實力，自然可以瞄準那一瞬間揮劍攻擊。

獅子的臉上出現一道裂痕，鮮血噴湧而出。

這是不負【劍聖】之名，最快也最強的一擊。

如果是普通的生物將會當場死亡。

然而……

「就連這樣也死不了啊。」

儘管臉被劈成兩半，魔王哈克奧也立刻重新接合並開始再生，就算還在恢復當中，依舊揮出他那強壯的手臂攻擊。

克蕾赫以神速的步法勉強躲開。

我也利用這個機會接近他。

「【改惡】！」

我用蓋歐爾基烏斯的能力擊發【改惡】。

準確度不如直接觸碰時那麼精準。只能粗略地想像堵住所有血管的畫面。

由於接觸到【腐蝕】，我感覺自己的魔力正在衰退。

但攻擊總算是命中了。

儘管無法堵住所有血管，依舊摧毀了幾條重要的動脈。

無處可去的血液接連讓血管爆開。

「咕啊啊啊啊啊啊啊啊啊啊啊啊啊啊啊啊啊啊啊啊啊啊！」

魔王哈克奧痛苦地滿地打滾。

一旦血液無法在體內循環，生物便無法維持生命活動。

「……果然連這樣也能恢復啊。」

魔王哈克奧重新再生。我們乍看之下似乎在重複無意義的行為，但這個行為的背後是有意義的。

正因為我也會使用【回復】，所以我很清楚。

與促進自我回復力相較之下，改寫他人狀態更是會消耗驚人的魔力。

再加上【恢復】魔力的消耗量會因距離而成正比攀升。

另外，治療對象的大小也很重要。

由於我和克蕾赫帶給他不小的傷害，僅僅促進自我回復力根本無法癒合，而治療魔王哈克奧的某人應該待在距離非常遠的場所。再加上治療的對象魔王哈克奧有著龐大身軀。

所有條件都證明他會消耗龐大的魔力。每治癒魔王一次，肯定都會消耗非比尋常的魔力。

所以他無法治癒那麼多次。

我們的目標很單純。

繼續破壞他，直到再也無法治療為止。

……雖然我這麼想，但看樣子有個前提條件是錯的。我用【翡翠眼】凝視回復的瞬間後發現了一件事。治療魔王哈克奧的某種生物，位在與他非常接近的位置。

「怎麼了？不是要殺了朕嗎？再多費點心思啊！」

魔王哈克奧維持野獸的模樣發出咆哮衝了過來。

我以為他變成野獸後就會失去理性，看來沒有那回事。

我用神鳥賜給我的眼睛觀測未來後，嘖了一聲。

這下沒救了。

就算我能看到幾秒之後的未來，以我的力量再怎麼做都無法擋下這招。這是因為魔王哈克奧化為野獸之後，速度實在有如天壤之別。

那傢伙的臉以特寫呈現在我眼前。

他張開血盆大口試圖把我咬碎。

我使出渾身魔力保護右臂，猛擊他的利牙。

然而【腐蝕】的力量卻突破魔力防禦，融解了我的右臂，血如泉湧。但是拳頭在徹底融解之前擊中了他，我利用攻擊的反作用力往後跳，至少成功阻止被他咬碎。

那傢伙笑了笑，衝了過來繼續追擊。

此時，一根特大的冰矛貫穿了他的側腹。

是芙蕾雅。

這是利用風的爆炸發射冰彈的單體魔術。由於攻擊速度壓倒性地快，冰矛在被【腐蝕】融解前便命中魔王將他轟飛。

神甲蓋歐爾基烏斯的【自動恢復】發動，我被融解的右臂回來了。

「芙蕾雅，保護自己！」

用未來視看到芙蕾雅會被咬碎的我大聲喊道。

芙蕾雅馬上用魔術製造出一道有刺的土牆，在千鈞一髮之際擋住了攻擊。朝著芙蕾雅撲過去的魔王哈克奧撞上了牆壁，被土牆上無數的刺針刺穿。

土牆和剛才的冰一樣含有龐大的魔力，因此在一定程度上承受得住【腐蝕】的攻擊。

魔王哈克奧拔出身上的刺針後一邊狂笑一邊追擊過來，試圖破壞保護芙蕾雅的土牆。

芙蕾雅為了保護自己再度朝土牆追加術式，讓整道牆變得更為厚實。

「凱亞爾葛，狀況比想像中還糟呢。」

「是啊。但是，總算看到獲勝的機會了。就是那傢伙的側腹。治癒那傢伙的某種生物就在那裡。」

我們的目標是持續毀壞他直到無法痊癒為止。

然而，我們似乎沒有足夠的資源做到這點。

再這樣下去，我們反而會先全軍覆沒。

因為我也考慮到了這點，所以一直在摸索其他方法。

我正在用【翡翠眼】凝視那傢伙再生的時機。

我打算看出他連繫外部魔力的管道，藉此找出治癒魔王哈克奧的某種生物潛藏的地點，先把那傢伙擊潰。

然而，我卻找不到連繫外部的魔力管道，起先我始終沒有察覺這個技倆，但在那傢伙治癒我剛才用【改惡】造成的傷勢時，我才總算發現真相。

魔王哈克奧的體內潛藏著某種生物。

唯獨再生的瞬間，魔王哈克奧的體內會有股不屬於他的魔力爆發出來。

難怪我找不到管道的位置。

畢竟那傢伙就在體內，自然不會有連繫到體外的管道。

只要殺了那傢伙，就能讓情況有所改變。

問題在於要怎麼切開魔王哈克奧的肚子。

「交給我吧……我會想辦法搞定。」

原本交給使魔紅蓮護衛，在旁邊休息的夏娃搖搖晃晃地挺起身子。

「……如果是妳的話確實辦得到，但妳了解自己的身體狀況嗎？」

「嗯，用我的光魔術肯定能貫穿他。」

要攻略【腐蝕】，就必須在遭【腐蝕】侵蝕之前以壓倒性的速度貫穿魔王的肉體，芙蕾雅已經用冰矛證明了這點。

而光魔術肯定更有效果。

但是，使喚神鳥已經讓夏娃遍體鱗傷。再繼續使用能力恐怕會有性命危險。

「凱亞爾葛，別露出那種表情。畢竟這是我的戰鬥，當然得由我自己賭上性命。」

夏娃開始聚集魔力。

以她現在的身體狀況，一旦發出足以貫穿魔王哈克奧的光魔術，很有可能就此喪命。我雖然很清楚這點，但卻無法對夏娃的覺悟潑冷水。

此時，小狐狸模樣的紅蓮輕盈地跳到了夏娃頭上。

「如果是神獸契約者，紅蓮可以輕易匹配波長的說。而且夏娃會餵飯給我吃，紅蓮就特別把魔力分給妳的說。」

紅蓮抖動自己的身體。

隨後，她的魔力緩緩地流入夏娃體內。

「謝謝妳。我稍微比較有精神了。」

「用講的沒用，要表示誠意的話就給我肉！」

「嗯，待會兒我再給妳獎賞。」

「契約成立。那紅蓮稍微多灌注些魔力的說！」

匹配波長，在不造成對象負擔下給予魔力極其困難，這對超一流的魔術士來說也是趨近不可能的任務。但是她卻能輕而易舉做到這點……真不愧是神獸啊。

像我的【掠奪(Heal)】在奪取魔力時要是吸收到不適合我的魔力，就會產生排斥反應對我自己造成傷害，所以是邊回復傷勢邊吸取魔力的蠻幹技巧。

芙蕾雅的土牆停止膨脹。她恐怕已經耗盡魔力，無法再繼續補強牆壁。再這樣下去芙蕾雅會被殺的。

土牆的一部分開始崩塌，我看到了芙蕾雅驚恐的表情。

就在這個時候，夏娃的魔力補充完畢。

「凱亞爾葛，我該攻擊哪裡？」

「交給我吧。」

我從夏娃身後抱住她，把手微調方向朝向魔王哈克奧。

靠近後腳的側腹。

不知名的生物就在那裡。擬態得十分精巧，除了幫魔王再生時絲毫不會發出任何魔力。但是我已經完全看穿了。

此時，保護芙蕾雅的土牆已徹底崩塌。

「呀啊啊啊啊啊啊啊啊啊啊啊啊啊！」

芙蕾雅淚眼盈眶，試圖用手臂保護自己的臉。

「就這樣放出魔術。直線射過去。」

「嗯，要上了喔……【聖光爆裂】！」

這並非夏娃平常使用的光魔術。而是更高位階的魔術。

是她瞞著大家自己偷偷練習的技巧。

爆發性的光之奔流從夏娃手中射出。

那道光筆直地衝破了魔王哈克奧的【腐蝕】以及側腹，甚至連同身後的牆壁一併貫穿，頓時照亮了夜空。

「夏娃，幹得好。」

夏娃沒有回答。她昏過去了。

雖說有從紅蓮身上分到魔力，但以她目前的身體狀況擊發魔術實在太過魯莽。

但我看得出她並沒有性命之憂，這都要歸功於夏娃的術式十分完美。

沒有使用不成熟的魔術常見的不良後果。

「朕的傷勢癒合不了。是嗎，總算從那個可恨的胎兒解放了嗎？黑翼族的小姑娘，是妳幹的好事嗎？」

魔王哈克奧無視被逼到絕境的芙蕾雅，轉頭朝向這邊。

從他開了個大洞的肚子裡面，有個宛如胎兒，頭莫名巨大的灰色噁心物體咚的一聲掉了出來。那玩意兒沒有下半身，已經喪命。

那就是治癒魔王的生物嗎？

「感謝妳。這樣朕就死得了了。不再有痛苦、難受、飢渴、焦躁以及憤怒。朕自由了。」

他高興地大笑。

剛才的一擊，不只是殺了魔王哈克奧腹中的胎兒。

還嚴重損壞了他身上幾個重要的臟器，身體不斷地噴出鮮血。身受如此嚴重的傷勢，就算是哈克奧的再生能力也無力回天。

每過一秒，魔王哈克奧就離死亡更近一步。

「魔王哈克奧，那是什麼？為什麼那種玩意兒會寄生在你體內？」

不知為何，當我使用【改惡】的時候看不到魔王哈克奧的記憶和經驗。

像這種經驗還是第一次。所以我開口詢問。

「當那個小姑娘成為下任魔王後就懂了。所謂的魔王，終究不過是一枚棋子。在坐上了朝思暮想的魔王寶座後，朕才得知真相，更是因此後悔不已。余根本不該成為什麼魔王……不過，朕是魔王。在最後的最後做個像樣的魔王也是一番樂事。勇者啊。戰鬥吧。」

儘管流著鮮血，魔王哈克奧依舊帶著愉悅的表情往前突進。

魔王哈克奧甚至已經無法附加【腐蝕】在自己身上。

我也朝向那傢伙衝去。

雖然這不像我的作風，但既然那傢伙稱呼我為勇者，我就試著完成這角色的義務吧。

我們的身體交錯而過。

「魔王哈克奧，似乎是我更勝一籌啊。」

就在那傢伙用利牙刺穿我的喉嚨前一刻，我先用【改惡】扭斷了他身上所有肌肉。

我故意不讓他立即死亡。讓他全身動彈不得，在死前還有幾秒鐘的時間活命。

為了夏娃的未來，我需要他的記憶和經驗。

我使出【模仿(Heal)】，這是最容易獲取記憶的招式。我全神貫注，讀取他隱藏起來的記憶。

記憶果然上鎖了啊。強行突破吧。

魔王哈克奧越接近死亡，記憶的大鎖越是鬆懈，但要是死了我就讀取不到了。

魔王哈克奧死了。

……不過我在他死前的短短一秒順利解除防禦系統。趁那個瞬間順利獲得了片段的情報。

「原來魔王是這樣的存在啊。」

我差點就笑出聲音。簡直就跟小丑沒兩樣嘛。

此時我感到身後有爆炸性的魔力和光芒閃耀，轉頭望去，發現夏娃的手背正閃閃發光。

魔王候補的印記漸漸產生變化。

看樣子，夏娃已被選為下任魔王。

我們的目的達成了。

再來，就是從魔王哈克奧的體內回收【賢者之石】後離開這裡。

為了保護成為魔王的夏娃，我得去做一件事才行。
夏娃是我的戀人。我可不能眼睜睜地看著她陷入不幸。

第十九話 回復術士發誓完成最後復仇

我打倒魔王哈克奧，讀取了他的記憶。

仔細想想，我從來沒釐清魔王是什麼樣的存在。

人類對於魔王的認知，頂多就是統率著魔族以及人類，威脅人類生活的災害這種程度。

這點對魔族那邊來說也是大同小異。

他們只知道在成為魔王的瞬間會獲得無與倫比的力量，以及掌握支配所有魔族的能力這種表面上的情報，沒有人知曉更進一步的內幕。

不，應該說是被人刻意隱瞞。

魔王的力量來源究竟是來自哪裡？而且，那個存在是為了什麼而給予魔王力量？

一旦開始懷疑就覺得非常不對勁。

不過基本上，要說不對勁的話，【勇者】的存在也沒什麼兩樣。

魔王哈克奧接觸到了那個祕密。

賦予吉歐拉爾王的那股力量並非來自魔王本身，而是把力量賜給魔王的存在的部分能力。

然後……

我感覺到有股魔力爆炸性地提高，立刻往橫向跳躍。

魔力子彈貫穿了我剛才所在的位置。

在迴避之後也有追擊接踵而至。我持續奔跑，閃躲所有子彈。

在等級超越２００的現在，我甚至覺得大部分的攻擊都不需要迴避……但唯獨這個攻擊不能讓它直接攻擊到我。

我搜尋敵人的身影。

能在保有這種威力的情況下連發【砲擊】的人，在這世上我只知道一個。

「哈哈哈哈，不愧是我的凱亞爾。我看到你打倒魔王了。不過啊，我已經說過了吧，要你小心點。」

皮膚黝黑的光頭壯漢──【砲】之勇者布列特帶著好幾名騎士在魔王之間現身。

……黑暗瘴氣應該只能賦予不死性，不會讓本身變得更強才對。但這莫名其妙的破壞力是怎麼回事？

和第一輪跟魔王戰鬥時的布列特完全不是同一個級別。

我一邊閃躲【砲】雨，同時望向剎那和克蕾赫。

她們倆也遭到黑色騎士襲擊，光是保護魔力耗盡的芙蕾雅就已使出渾身解數，根本沒有支援我的餘裕。

我只能一味地閃躲攻擊。

「怎麼啦？你只會逃而已嗎？太無趣了吧，凱亞爾！」

莫名噁心的聲音，那傢伙……居然一邊射擊一邊勃起。

克蕾赫的表情非常震撼。看到自己視為叔叔仰慕，人品高尚的人露出這種模樣，會驚訝也是無可厚非。

克蕾赫向布列特喊話，但不知道布列特是故意無視還是他眼中只有我，完全沒有回應。

「總算開始看得見子彈了。」

我在迴避的這段期間已抓到節奏。

差不多該開始反擊了。

就在我這麼打算的時候。

布列特露出賊笑，不再把我當作射擊目標，而是把槍口對準夏娃。

一聲尖銳的聲音轟隆作響。這是蓄力射擊。擁有剛才為止的連射絲毫無法相提並論的破壞力。極其耀眼的光芒逐漸寄宿在神砲塔斯拉姆上。

從我這個位置，不可能在砲擊發射前打倒布列特。

在夏娃身旁護衛的紅蓮也擋不住那種威力的攻擊。

選項只有一個。

「可惡！」

只能由我保護夏娃。

來得及。夏娃是我的戀人，我不可能會棄她不顧。

我邊衝向夏娃身邊邊用【改良】變更狀態值的配點。犧牲攻擊力和速度，將防禦和魔法力提升到極限。

神砲塔斯拉姆噴出粗大的光束。

我從全身擠出魔力形成牆壁防禦，然而牆壁卻逐漸被削薄，我的肉也被挖開。

每當肉被挖開神甲就會發動【自動恢復】的功能修復，不，修復的速度根本無法追上。

我用來充當盾牌的雙手化為灰燼，但光束也同時消逝，是因為神砲塔斯拉姆的蓄能耗盡。此時【自動回復】的速度總算趕上，我的兩手恢復原狀。

「布列特啊啊啊啊啊啊啊啊啊啊啊啊啊啊啊啊！」

「噢，我的凱亞爾。別那麼熱情地呼喊我的名字。我會勃起的。不對，我早就一柱擎天了呢。」

我一邊拔劍向前突進，同時用【改良】把狀態值變換為重視攻擊和速度的數值。

釋放了這麼驚人的砲擊之後，肯定無法正常放出砲擊。要在他下次射擊前分出勝負。

這把劍是誘餌。為了是讓他把注意力放在劍上，再用蓋歐爾基烏斯發出【改惡】讓他無法戰鬥。就算是不死也沒有關係。

那傢伙向後跳開。

沒用的。我比較快。

不對，他不是單純往後跳而已。我和那傢伙之間出現了黑色的洞。黑騎士前仆後繼地從洞口竄出朝我殺了過來。

「嘖！【改惡】！」

我不管三七二十一擊出【改惡】。

我把黑騎士們的脊髓弄得亂七八糟，好切斷神經系統的傳遞。就算是不死之身，一旦陷入無法動彈的狀況也做不了什麼。

儘管我成功令這群黑騎士失去戰鬥能力，但重要的布列特卻退到騎士的遙遠後方。

那傢伙笑了。

「我是還想再和凱亞爾玩久一點。不過我們已經達成目的了，今天就到此收手吧。我的凱亞爾，你知道這是什麼嗎？」

那傢伙拿在手上的，是比血還要鮮紅的寶玉。

魔王的心臟【賢者之石】。

是某個黑騎士趁布列特用砲擊攔住我的時候，趁亂掏出魔王哈克奧的心臟拿到手的嗎？

「還給我，那是我的！」

我不能失去【賢者之石】。我可是為了那個才拚命努力到這個地步。

「我不要。如果你無論如何都想要的話，就來吉歐拉爾城吧。心愛的凱亞爾，我會在那等你大駕光臨。」

眼前生成了更多的黑色騎士蜂擁而至。而且那傢伙還架起了神砲塔斯拉姆。

那不是砲擊。光的性質不同。可惡！他打算用「那招」。

「所有人快閉上眼睛，摀住耳朵！」

我大聲叫喊。

擊退了附近的黑騎士後打算來支援我的剎那、克蕾赫以及芙蕾雅依我的吩咐照做，而護衛夏娃的紅蓮也變回少女型態，讓狐狸耳朵向下垂後用手摀住夏娃的耳朵。

神砲塔斯拉姆釋放出光彈並炸裂開來。

那有著足以撼動牆壁的巨大音量，以及把世界染成純白的刺眼光芒。

這是他要逃跑時經常使用的手段。

我睜開眼睛，布列特和他身旁的那些黑騎士也消失了。

「芙蕾雅，妳還有魔力使用【熱源探查】嗎？」

「那招的話還勉強可以，我試試看……不行。在探查範圍內沒有任何熱源。」

被擺了一道。

那傢伙的目的打從一開始就只有【賢者之石】。

因為他無法打倒魔王，所以才會像這樣等待我們打倒魔王的那一刻到來。

……在第一輪的世界，吉歐拉爾王和芙列雅公主打算用【賢者之石】發動禁咒。

要是被他們發動那招就糟了。

我必須不惜一切代價取回【賢者之石】。

一旦做好準備，就立刻朝向吉歐拉爾王國出發吧。

假如他最後說自己在吉歐拉爾城等我是虛張聲勢，這個決定很有可能造成致命的打擊。

但是，我很清楚布列特的個性。他絕對不會撒那種無聊謊話。

「總之，我們先在這裡等夏娃清醒吧。」

這裡還殘留著一些魔王的殘黨，離開鎮上的那群士兵總有一天也會回來這裡襲擊我們，但那都無所謂。

夏娃已經成為魔王。只要夏娃清醒，就能對所有魔族以及魔物下達絕對遵守的命令。

「芙蕾雅，在效果範圍內真的沒有我們以外的熱源反應了嗎？」

「我到處都找過了，但是沒有發現。」

「這樣啊……」

……既然用芙蕾雅的【熱源探查】沒發現除了我們以外的熱源，代表在下層戰鬥的鐵豬族已經全軍覆沒了。

他們很有可能是在和親衛隊戰鬥時突然遭到布列特等人襲擊。要是被那些傢伙襲擊，鐵豬族根本撐不了多久。

鐵豬族都是一群好人，要說他們是朋友也不為過。

然而布列特那些傢伙居然殺了他們。

我的胸口燃起熊熊怒火。

光是搶走【賢者之石】就已經不可饒恕，居然還奪走了我朋友的性命。

我要確實殺死布列特，還有對布列特下達命令的吉歐拉爾王。

而且在殺之前還要先羞辱一頓，讓他們嘗嘗地獄般痛苦的滋味再殺。

我會照他的期望去吉歐拉爾城。這不是基於正義感也不是出自義務感……只是復仇而已。

◇

我們在魔王之間休息後，大約過了一個小時。

除了我們以外，這段期間沒有其他人出現在房間。

我現在正凝視著夏娃的睡臉。

我已經用【恢復】治療她的身體，為了取回她耗盡的魔力，我用嘴對嘴方式讓她喝下恢復MP的恢復藥。

她也差不多該清醒了。

夏娃的眼瞼動了，緩緩地睜開雙眼。

「凱亞爾葛，這裡是……」

「魔王之間。我們在這裡等妳睜開眼睛。」

「會在這種地方休息就表示……我們贏了對吧？」

「沒錯。夏娃成為了下一任魔王。」

夏娃緩緩地看著自己的手背。

上面烙印著魔王的印記。她用手臂遮住臉部開始啜泣。

「太好了。這樣一來，黑翼族就不會再受到迫害了吧……我總算能召集大家回來了。」

黑翼族遭受現任魔王迫害之後，一部分建立了村落，而大部分則是各奔東西，過著消聲歷跡的生活。

如今夏娃成為魔王，他們已經從遭到迫害的身分，成為最受魔王恩寵的種族。

……不過，這樣其實也有問題。

飽受迫害的他們至今過著艱辛又困苦的生活，勢必會宣洩這股恨意以及怒火。

他們會反過來迫害以前一直迫害著自己的種族，而且也會要求身為魔王的夏娃這麼做。

如果不阻止這件事發生，到時又會重蹈覆轍。這次會換成其他種族為了拯救自己的伙伴，企圖殺死當上魔王的夏娃。

身為復仇者的我可以理解黑翼族人想要宣洩鬱憤的這種心情，但為了夏娃的幸福，我會毫不留情地妨礙其他人的復仇。

更何況我光是為了保護夏娃就得費盡心思了。

「夏娃，妳可別變了。」

「怎麼啦，突然這麼說？」

「就是字面上的意思。我很中意現在的夏娃，要是妳變了的話我會傷心。」

「你很怪耶，我就是我啊。」

我讀取了魔王哈克奧的記憶。

魔王哈克奧原本既溫柔又懦弱，是為了保護自己的種族，才會拚命讓自己扮演強勢的角色。

但是，他感到自己隨著日子經過變得越來越有攻擊性且殘虐。如果是本來的他，應該不會迫害受到前任魔王優待的所有種族。

他害怕自己慢慢地變得不再是自己，開始徹底調查有關魔王的情報，最後知道了真相。

「一旦當上魔王，周圍和自己都會有所改變。妳要小心別迷失自己。」

「或許吧。畢竟會有很多人接近我，得小心別被他們牽著走才行。」

魔王哈克奧的調查有了成果。

被稱為「黑神」的存在，正是魔王之力的來源，黑神想要獲得作為祭品的靈魂以及在現世復甦的身體。

遭到黑神意識牽動的魔王將變得好戰且喜好戰火，殺人無數，並將其靈魂作為祭品獻給黑神。

不僅如此，黑神還會為了讓魔王成為自己的容器而強化魔王。

……不久，一旦祭品數量滿足所需，黑神就會降臨，魔王則是被奪去身體，靈魂也會遭到啃蝕。

這就是魔王隱藏的秘密。

魔王哈克奧也調查了一些對抗手段。其中之一就是奪回黑神回收的祭品，讓祂的復活延後。

然而，那卻有著令人意想不到的副作用。

把遭到黑神汙染的祭品賜給人類或是魔族，他們就會化為不死身的怪物。這就是吉歐拉爾王製作的黑色騎士的真面目。

黑神為了要徹底支配造反的魔王哈克奧，在他體內埋進了終端機。那就是讓魔王哈克奧變成不死之身的真相，一個噁心的胎兒。

「好啦，既然夏娃也清醒了，差不多該開始了吧。」

我刻意用開朗的聲音說道。夏娃總有一天也會開始被黑神汙染。

我會設法阻止這件事。當然也不會告訴她本人，畢竟說了也只是徒增她的不安罷了。

「開始什麼？」

「就任魔王的致詞啊。」

我露出淺淺的微笑。

原本我打算在這等前任魔王的部下抵達，但還是算了。

有更快速的方法。

由於這房間沒有窗戶，我把牆壁打碎。

接著使用了風之魔術。風可以改變光的折射率，這樣就能將對象的身影擴大到空中投射出去。

夏娃看到自己的模樣映照在天空，驚訝得瞪大雙眼。

我們俯視下界，可以發現從其他城鎮回來的魔王軍成員正指著天空吵吵嚷嚷。

「夏娃，把自己成為魔王的消息告訴大家。風會幫妳把聲音傳出去。」

聲音就是空氣的振動。

因此透過風可以達到擴音的效果，也能把聲音傳達到指定的場所。

「咦？等……等一下啦。你突然這麼說我也……」

「再過十秒聲音就會傳出去嘍。」

「只剩十秒？再等一下嘛！」

「還有五秒。」

夏娃著急的模樣看起來很蠢，讓我都快笑場了。

我用手指倒數讀秒比出三、二、一。

接著照我剛才的宣言用魔術把聲音傳送到城鎮。

「呃，那個，我是黑翼族的夏娃。前任魔王哈克奧已經被我打倒嘍。今後我就是魔王了。

要聽我的話喔。」

絲毫沒有威嚴，是夏娃私底下的模樣。

看來是太過驚慌，讓她腦袋裡除了必須說的話以外完全一片空白吧。

因為我已經快忍不住笑場，所以停止空間投影和擴音。

真是有意思啊。

我往下一看，魔族們都慌慌張張地衝向城堡。

等他們一到，就用魔王的絕對服從命令，叫他們盡全力向魔王支配的所有領土傳達新任魔王誕生的消息吧。

「你太過分了啦！凱亞爾葛！」

「反正目的也達到了，有什麼關係。先不說這些了，再過不久魔族就會蜂擁而至嘍。為了要讓大家感受到妳的威嚴，快趁現在做好準備吧。」

我這樣說完，夏娃停止對我抱怨，開始絞盡腦汁思考該怎麼做。

根據魔王哈克奧的調查，心靈越脆弱的人，精神遭到侵蝕的速度就越快。

夏娃雖然看起來那樣，但心靈卻很強大。應該暫時沒問題吧。

趁還有餘裕的這段期間嘗試各種方法吧。

說不定可以用【恢復】把逐漸改變的夏娃恢復成從前的模樣。

我要趁夏娃平安無事的這段期間，完成我的復仇並奪回【賢者之石】。

畢竟，假如夏娃將來打算做和第一輪相同的事情，魔族會全被趕盡殺絕。

就算不會演變成那樣，這依舊是我的復仇。

我的原則就是復仇要儘快完成。

我絕不原諒打算掠奪我的傢伙。

【砲】之勇者布列特，你也和芙列雅公主及【劍】之勇者布蕾德一樣，在這個世界依舊傷害我，從我身上奪走東西。

我會讓你充分體會到這個代價。

終章 回復術士的善後工作

我們打倒了迫害許多種族的前任魔王，夏娃當上了新的魔王。

……假如是童話故事，這時應該會用可喜可賀可喜可賀劃上句點，但在現實層面，反而是打倒魔王後的路更為險峻且漫長。

遭受迫害的種族團結一致，結合眾人力量才促成了這次勝利；然而一旦戰爭結束，這份團結將會輕易分崩離析。

一旦沒有敵人，就會換成自己人展開權力鬥爭，這種事在發動革命之後屢見不鮮。

為了不演變成那種局面，同盟之間已經講好無論哪個種族的魔王候補當上魔王，也要優待彼此的種族，事實上，協助這次作戰的種族都已經升上要職。

然而即使如此，權力鬥爭也已經開始了。

因為受到優待的人，都會想獲得更高的地位。

由於才剛改朝換代，治安想必奇差無比，何況到處也都還殘留著前任魔王的戰力，更迭為新魔王的事實也尚未廣為周知。

目前的狀況就像這樣跌跌撞撞。

儘管大家都明白現在不是自己人互相爭權奪利的時候，但每個種族都知道要是不搶先行動拔得頭籌，一輩子都無法撈到便宜。

為了自己種族的繁榮竭盡全力——這對有著肩負責任立場的人而言是理所當然的行為。

結果就是爆發了政爭，導致目前在復興活動與改善治安方面遲遲沒有進展。

艾蓮向我提出了這樣的報告。

她很有條理地整理了要點，也事先預想了今後的狀況，在這個領域上，艾蓮非常能幹，可說是出類拔萃。

「就是這樣。凱亞爾葛哥哥，有什麼問題嗎？」

「目前沒有。雖說已經料想到會演變成這樣，但實際看到一同奮戰過的伙伴你爭我奪，還是會讓人氣餒。」

「……我有同感。如果可以花時間解決，我倒是有妥善地處理這個狀況的方法，可惜的是我們必須立刻從這裡出發才行。」

「妳是指布列特和【賢者之石】對吧。」

我之所以打倒前任魔王，是為了讓夏娃當上魔王，同時也是為了取得【賢者之石】。

只要有那顆石頭，我就能像曾在第一輪做過的那樣，【恢復】整個世界再次重頭來過。

這可說是最佳的保險手段。

只是我萬萬沒想到，在打倒魔王之後竟然被人從旁奪走。

儘管失去保險手段是個打擊，但更不妙的是被對方拿去使用。

我必須不惜一切代價，比布列特更快抵達吉歐拉爾城。

一旦被他們使用設置在吉歐拉爾城的儀式魔術裝置，這個世界很有可能就此毀滅。

「妳覺得如果我們不在的話，夏娃會遇上什麼麻煩？」

「能夠以魔王權限發布絕對服從的命令是她的救命繩，不過，在她身邊的人個個都是老奸巨猾……要是他們有心騙她的話，夏娃肯定會上當。一般來說，應該由黑翼族的高層給夏娃建議並在旁保護她，但畢竟黑翼族幾乎都被殺了。要聚集殘存的族人勢必也要花上時間。」

這就是問題所在。

夏娃經歷了這趟旅程後變強了。

不僅是戰鬥力，心靈也同樣獲得了成長。

但是她對政治方面卻是一竅不通，和外行人沒兩樣。根本不可能和老奸巨猾的各族領袖周旋。

「夏娃一個人根本束手無策。既然黑翼族也沒有值得仰賴的人才，那就只能派一名政治手腕出色，又能信用的人才陪在她身邊了。」

「有湊巧符合這種需求的人嗎？」

「算是吧。他正好搞丟了工作，而且我賣了他很大的人情。只要交涉的條件不錯，他應該會願意接受。」

「不對吧，如果那麼優秀，照常理來說根本不會沒工作，也肯定會被人爭相挖角的。」

「這裡面有些原因。畢竟他是個罪人，而且已經決定處死了。好啦，時間寶貴，我馬上去見他一面吧。我去去就回。」

我露出賊笑。這下有了不錯的藉口。

其實我原本就打算救他。他打算欺騙我，原本應該是我的復仇對象。

不過，我很中意那傢伙。

當他發現自己遭魔王欺騙，被玩弄在掌心的時候，內心湧出了一股無與倫比的激情，但即使如此，他也沒有被那份感情吞噬。

儘管他心中燃燒著復仇之火，卻依舊以冷靜的頭腦找到了讓他復仇的最佳方法。

他有激情，還有能壓抑這股情緒的理性，以及高度智慧和執行能力。

這麼優秀的人才可不多。正因如此我才會對他產生共鳴，有了好感。

如果只是被囚禁在復仇之中的蠢材，我根本不會覺得是同類。

況且，我也從他身上得到了兩樣最棒的伴手禮。因此心胸寬大的我要原諒他也未嘗不可。

「艾蓮，我不在的這段期間會叫紅蓮當我的替身，如果因為我不在場而導致情況變麻煩，就用紅蓮頂著吧。她應該能好好扮演我的角色。」

我把在我頭上縮成一團，用尾巴當枕頭睡覺的小狐狸遞了出去。這裡已經逐漸成為她的固定位置了。

「嗷？今天很累，紅蓮已經決定要狐睡了說！主人太會使喚使魔了說！這樣紅蓮會變壞的說！」

「我沒有要讓妳做白工。來，這裡有塊我珍藏的肉乾。」

「區區肉乾已經不能收買紅蓮了說。至少要柔軟的生肉，少筋多脂的那種的說。」

我不發一語拿小刀切開肉乾，塞到小狐狸的嘴裡。

心不甘情不願地咀嚼了肉乾的小狐狸頓時瞪大雙眼，豎起了狐狸尾巴。

「好……好驚人。嘴裡面充滿了美味的味道，而且好柔軟的說。紅蓮第一次吃到這種肉乾的說！」

「就說是我珍藏的肉乾了吧。這玩意兒原本不是拿來直接生吃，而是要用來當湯頭的肉塊。這可是特等肉，只要一塊就能讓整桶鍋子變成上等湯頭。這個就給妳吃吧。」

「交給紅蓮吧！紅蓮會完美地完成工作的說！」

從狐睡的姿勢變成正襟危坐，不知為何還對我敬了禮。

紅蓮真的很好應付。

只要給她好吃的東西就會言聽計從，實在太好懂了根本不會耍心機。

「我幾個小時後就回來。」

「我會妥善應付過去的。哥哥路上小心。」

「嗯。」

好啦，問題是我來得及嗎？我現在得趕回之前曾寄住過一段時日，遭到前任魔王迫害的種族聚集的那個村落。討伐魔王一事成功的消息，應該已經由鳥型魔物通知他們了才對。

……雖說得賭賭看現在衝過去是否來得及，但總會有辦法的。

我使用了前任魔王哈克奧的特技，在夜晚的森林狂奔。

我在魔王哈克奧死前對他用了【模仿】。

他畢竟是魔王，擁有許多不錯的特技。現在我所使用的特技是【獸化】。

把身體切換成四腳步行的野獸。

速度和還是人類時有如天壤之別。說起來人類的身體原本就不適合奔跑。

至於我獸化的模樣，則是黑色體毛的野狼。說不定是因為我幾乎每天都和冰狼族的剎那交合吧。

等級已上升到極限，再透過魔力強化，藉由【改良】裝上提高速度的特技，一旦體力有些許衰退，就用【恢復】來恢復。

用了這麼多手段，現在的我奔馳得比風更為迅速。不過這是我一個人趕路時才能用上的大招。現在的我是地球上速度最快的生物之一。我就像這樣持續奔馳。

◇

我不出幾個小時就抵達了目的地。

明明已經入夜，村落卻依舊明亮。

村落的中央升著篝火，每個人都在歡喜地跳舞，現場也陳列著大量佳餚。

這裡是遭到迫害的種族聚集的村落，也是原本由星兔族支配的場所。

他們收到勝利報告，所以才會像這樣開著慶功宴。

然而在這群人中，卻有幾個種族顯得有些尷尬。

那就是背叛村落，把情報洩漏給魔王，以星兔族為首的那些種族。

其中最吸引我目光的，就是一眼就能看出發育良好，分外出眾的美少女。她的特徵是白色兔耳和紅色眼睛，以及秀色可餐的大腿。

那是星兔族的拉碧絲。她臉上掛著笑容，給肩負要職的人來回斟酒。

儘管也有人對她口出惡言，她依舊咬緊牙根，用心服務這些人。

這都是為了保護星兔族。

因為族長加洛爾被判處死刑，星兔族犯下的罪才得以一筆勾銷。

然而，並不是這樣就能消除其他種族的恨意以及對他們的不信任。

所以率領星兔族的新領袖拉碧絲才會像這樣以她的方式進行戰鬥。

由新任族長誠心誠意地侍奉其他種族，藉此表示星兔族現在的存在方式。

她明明知道一旦戰爭結束，自己的父親就會遭到處死，卻依舊帶著笑容斟酒，受到任何刁難也是一笑置之。

……他們果然是父女。

她應該很悲傷，很害怕，很想哭才對。然而她卻壓抑自己所有的感情，盡自己應盡的責任。這是拉碧絲的父親加洛爾也擁有的一種人格特質。

「看了真令人於心不忍，不過實在很美……既然她都這麼努力了，給她一份救贖也未嘗不可。我人真是太好了。」

明明她這麼努力，卻沒有任何人願意誇獎她。

所以，就由我代替所有人誇獎她、給她獎賞，讓她的努力有所回報。

拉碧絲已經是我的所有物（玩具）。疼愛玩具是我的義務，也是樂趣所在。

◇

拉碧絲為了補充酒類而前往倉庫，我趁她獨自一人的時候現身。

「拉碧絲。」

「凱亞爾葛大人！」

宛如紅寶石般的眼眸是星兔族的特徵，而拉碧絲讓紅寶石泛著淚光，飛奔到我的胸前。

在大家面前絕對不會讓人看到自己軟弱一面的拉碧絲只會對我撒嬌。

是因為我治療了她的疾病，後來也成為了她的心靈支柱，所以她才會這麼親近我。

「妳很努力。」

「我……我……」

我這句話讓拉碧絲積蓄已久的感情一口氣爆發，她開始放聲啜泣。

看來我們不在的這段期間，她似乎遇上了非常難受的事情。

而且她最需要的就是有人對她說一聲「妳很努力」。我不發一語，用力抱緊她並撫摸她的頭。

不需要多餘的話語。拉碧絲現在正希望我這麼做。

我有這種感覺。

◇

我等拉碧絲哭完。抓準她抬頭的時機親吻她。

拉碧絲馬上就回應了我，或許是因為想填補那份不安，她的舌頭交纏的動作比平常更加熱情。

而且不光是熱情而已，還是用能取悅男人的方式動著舌頭。

不枉我還在村落時有對她徹底調教過。

她迫不及待地把腳纏了過來。然後開始用下腹部磨蹭我。那裡感覺有些溼熱。

……我不會問她想要什麼，那太不識相了。就讓我填補她內心的寂寞吧。

我推倒拉碧絲，把手伸進裙子內側。接著捏住她的大腿享受那股觸感。

「啊啊，凱亞爾葛大人。不可以在這裡。說不定會有人來的。」

「那種事根本無所謂。有人想看的話就讓他們看吧。」

星兔族的大腿是極品。無論彈性和觸感都是其他種族所無法享受到的。

我脫下她的內褲，確認裡面的狀況。

已經是一片洪水。

於是我插入手指前後抽插。拉碧絲比較喜歡慢慢來。

「呀嗚！凱亞爾葛大人，我不要只有手指。我已經……準備好了。求求你，進來吧。」

我確認裡面足夠溼潤之後，挺進腰部。

拉碧絲下面的肉壁十分豐腴。

是因為星兔族下半身的肌肉很發達吧。

在村落的時候我已經用過不少次了，但無論享用幾次，她的蜜壺每次都會以強烈又舒服的方式夾緊我的那話兒。

「啊……啊，凱亞爾葛大人，凱亞爾葛大人的、又大、又熱！」

「妳很喜歡我這樣搞妳吧？」

「我最喜歡了。腦袋……要變得一片空白了。抱緊我，請你抱緊我。」

拉碧絲伸出雙手，用手環住我的脖子後自己主動吻了過來。

不僅如此，她還把兩腳纏上來，奮力地貼緊我。

她在撒嬌，在央求我和她合為一體。

由於她的雙腳緊緊纏住，我無法讓腰部做出更大的擺動，只能小幅度地抽送腰部，以深處為重心侵犯她。

拉碧絲的性感帶就在那裡，由於我一直逗弄弱點，她已經變得十分淫亂。

「好難受喔。凱亞爾葛大人，那樣子……太小力了。」

「雖然妳這麼說，但貼得這麼緊我根本沒辦法好好動。可以放開我嗎？」

「我不要。我想要和你貼得更緊！」

拉碧絲央求著我。沒辦法。就繼續這種小幅擺動吧。

為了不讓動作過於單調，我也漸漸地加入變化。

拉碧絲的眼神開始朦朧。然後，蜜壺也開始一顫一顫地收縮。

她是頂尖的名器，而我也差不多要到極限了。

於是我使出和剛才為止的動作無法相提並論的力道往深處一頂，拉碧絲開始痙攣，然而儘管身體用力弓起，但她卻始終不肯鬆開手腳。

反而用更強的力道束縛我的行動。

我沒辦法逃走，但基本上我也沒這個打算，我在拉碧絲的深處解放精華。

拉碧絲的蜜壺開始蠕動，像是在表示我釋放的精華連一滴都不能浪費，引導至她的體內深處。

然後她總算滿足，鬆開了手腳。

不對，她根本沒有滿足。

「太浪費了。請全部給我。」

她馬上含住我的那話兒開始打掃。連殘留在尿道的精液都吸得一乾二淨。

剎那經常會幫我做這件事，但拉碧絲的做法又有些不同。

她會一邊觀察我的反應，同時逗弄我感覺舒服的地方。

沒錯，這不是打掃，而是為了下次做準備。拉碧絲根本還沒滿足。

她只是為了進行第二輪而暫時放開我。接著她把我推倒，跨坐到我身上。

充滿獸慾的紅色眼眸正發出淫靡的光芒。

話說起來，我曾聽說兔子的性慾十分驚人。

看來星兔族也是如此。

「凱亞爾葛大人，接著由我來吧。啊！凱亞爾葛大人的……果然很棒。」

拉碧絲把我的那話兒吞進蜜壺之中。

「就隨妳喜歡吧。」

「是！凱亞爾葛大人，凱亞爾葛大人！」

然後她開始激烈擺動腰部。我被拉碧絲侵犯了。

簡直像是在用我自慰一樣。

儘管我比較想取得主導權，但偶爾這樣也不壞。

剎那她們過於被動，所以實在沒什麼機會享受這種玩法，就算我命令她們這麼做，也不可能像拉碧絲這樣想把我整個人都吞了。

拉碧絲的存在本身，正是我認為可以解救那男人的理由。

畢竟他都給了我這麼出色的所有物(玩具)。

要我不去計較當初那些不足掛齒的刁難行徑也是未嘗不可。

既然我已經不計前嫌，他就只是一名幹練的男子，能讓我感到共鳴的復仇者。

◇

我們交合了一個小時以上，全身都變得黏答答。

我用水魔術將身上清洗乾淨。

「嗚嗚嗚對不起。我真是的，怎麼會做出這麼難為情的舉止呢？」

盡其所能展現淫蕩一面的拉碧絲恢復正常，邊紅通著臉邊害羞地穿上衣服。

拉碧絲一旦按下開關，就會展現無與倫比的性慾，然而當開關關掉時又會變得非常害羞。

這個落差實在很惹人憐愛。

「是啊。不過，既然妳恢復精神就好。至少在我面前，讓我看看拉碧絲自然的一面吧。」

「我自然的一面並沒有那麼色情啦。」

……明明淫亂成那樣，還真敢說啊。

雖然是我說要隨她喜歡的，但我沒想到居然會被榨乾到那種地步。

如果把剎那的性慾以1剎那來計算的話，她有3.5剎那。

「好啦，既然拉碧絲已經沒事了，就說出我來這裡的目的吧。我要讓加洛爾逃走。」

「不……不可以！爸爸他……是做好覺悟後才決定讓自己變成這樣。要是爸爸沒有負起責任的話，整個星兔族都會……」

拉碧絲一臉煎熬地說道。

拉碧絲不可能不愛著自己的父親。

她反而比任何人都愛著父親。在這世上最希望加洛爾活下去的人就是拉碧絲。

即使如此，她考慮到父親的心情和星兔族的未來之後，決定扼殺自己這份感情。

「只要讓星兔族族長負起責任死去就行了吧。並不是加洛爾本人非死不可啊。」

我一邊說著一邊打開了伴手禮。

是個被塞在麻袋裡面的男人。

「這個是……爸爸？」

「我把外表【改良】成看起來像他。這是魔王軍的基層。我要把他拿去和加洛爾對調。」

這場宴會的最後已經預定了一個主要活動，就是處刑叛徒。

只要在那之前調包就成了。

加洛爾不用死，夏娃也能得到一個有才的左右手。

「凱亞爾葛大人，居然為了我們……」

「沒錯。加洛爾為討伐魔王做出貢獻。而且，妳是我的女人。這點小事我還幫得上忙。」

若是我挑明這是為了夏娃就太不識趣了。

實際上，也不只是為了夏娃。

因為我的願望就是要讓中意的所有物(玩具)開心。

「我好開心。謝謝你！」

「問題在於加洛爾願不願意接受。」

「……或許很困難呢。因為爸爸想要扛起這個責任，渴求著贖罪的方法。」

畢竟為人子女，她很了解父親的心情。

而且我也有同感。如果他是會因為得救而感到幸運的膚淺男人，我根本不會打算救他。

「是嗎，那就照這個路線去交涉吧。走吧，我原本想儘快了結這件事，但因為拉碧絲比想像中還要高竿，時間都沒了呢。」

我開玩笑地這樣說後，拉碧絲便淚眼汪汪地嘀咕了一句「笨蛋」。

◇

我前往地牢。

畢竟是被視為大罪人看待，加洛爾被獨自關在一個房間。

這樣反而方便行事。

如果只有我一人，就算有看守在也能游刃有餘地潛入地牢，但負責說服他的拉碧絲也和我在一起，所以我先讓看守失去意識後才進去。

多虧外頭這場慶功宴，牢房只留下最基本的警備人力，潛入時毫不費力。

我走入獨牢後，被鎖鏈繫著的加洛爾發出一聲淺笑。

他穿著囚服，雖然沒戴著自豪的單邊眼鏡，他身上散發的智慧光芒依舊沒有一絲朦朧。

「加洛爾，我們打倒魔王了。這都多虧有你放出假情報。」

「呵，這表示我成功對操弄著我們的魔王復仇了嗎？【癒】之勇者啊，我要感謝你。這樣我就能安心死去了。」

加洛爾一臉滿足。

他的表情就像在說一切都結束了。

但是，我不能讓他就此結束。

我要讓加洛爾活下來，還有工作必須交給他去完成。

「不，那樣我會很傷腦筋。我要讓你活下來。戰爭結束之後反而會遇上更多難關。所以挑戰現在才要開始。而且，為了讓夏娃克服重重困難，需要一個優秀的左右手在她身邊。空有武力的我辦不到這點。而就我所知，能辦到這件事的就只有加洛爾一人。所以我才會來接你一起離開。放心吧，我已經事先做好對策，讓你就算逃走也不會有任何後顧之憂。」

我說著說著，把加洛爾的冒牌貨扔了出去。

他的眼前躺著自己的冒牌貨。

相信這樣就足以表達我的用意。

「我很感謝你的心意，但是我非得贖罪不可。許多同伴都因為我而死於非命。要是我還寡廉鮮恥地活在新時代，此乃天理不容。」

果然會這麼回答啊。

「這樣聽來或許會很做作，但就算你以死贖罪也沒有任何意義。這只是自我感覺良好罷了。」

「凱亞爾葛大人說得沒錯。爸爸，請你活下來。活下來幫助夏娃大人吧。」

「凱亞爾葛大人真是嚴格啊。我很清楚就算我死了也沒有任何人會高興。但是，我自己無法忍受這點。」

那是這個男人第一次讓人看到他軟弱的一面。

他的臉十分憔悴。

……為了女兒出賣整個村落。我很明白這個決定對他而言是多麼痛苦。

他的心已經到達極限了。

可是，被我認同的男人不適合這樣的表情。

「是嗎，那麼，你打算對活下來的同伴見死不救嗎？」

「請問這是什麼意思？」

「別裝得一副不知情的樣子。想必你應該很清楚吧？黑翼族的夏娃當上了魔王。然而夏娃卻沒有率領眾人的能力。以前同心協力度過難關的伙伴，將會操弄不諳世事的小孩，為了將權力納為己有而開始你爭我奪。要是這樣下去，無論經過多久，魔族領域都無法迎來和平的一天。在這種不穩定的局勢下，要不是夏娃遭到討伐，再不然就是自己人彼此內鬥，導致一切毀於一旦。到時候，想必會比和舊魔王抗爭時流下更多鮮血。」

「……的確。黑翼族的倖存者中並沒有熟諳政治的人才。所以其他種族多的是手段操控空有力量的少女。」

幸好他馬上就了解我的意思。

加洛爾和我還有艾蓮都預測到了同樣的未來。

「但是，只要有你在，就不會演變成那樣。如果是你的話，就能和夏娃一起將這個魔族領域引導至太平盛世。我認為你是辦得到這點的男人。選擇吧，加洛爾。你要不負責地死去，對留下來的同伴見死不救；還是要活下來，就算在地上打滾也要把所有人團結起來。」

加洛爾笑了。

他的笑容澄澈，簡直就像是甩開了始終擺脫不了的難題。和剛才那種放棄一切的笑容截然不同。

加洛爾仰望天空，接著閉起雙眼。後來不知經過了多久時間，他慢慢地，真的是慢慢地開口說道：

「你真是狡猾啊。聽到你那種講法，我怎麼還說得出我想一了百了呢。不過，要是我成為夏娃大人的左右手，勢必會遭到眾人反彈。」

「這點沒問題。就像我能把那個冒牌貨喬裝成你的模樣，我也能讓你換個新的身分。你將會捨棄自己的名字和過去，只能竭盡心力效忠夏娃，為了魔族領域的和平活下去。沒有比這個更好的贖罪方式。」

我這樣斷言。

要是說到這個地步都不答應的話就放棄吧。

就算勉強用【改良】操控他的內心，但裡面是空殼的話根本無法成大事。

「好吧。我就接下這份工作。還麻煩你按照我接著要說的特徵幫我易容。在下落不明的人之中，正好有人適任夏娃大人的左右手，而且他聲望高，家世也十分顯赫。」

決定扛下這份工作後，他只花零點幾秒的時間就能說出這樣的台詞，真不愧是加洛爾。

「我知道了。加洛爾，我不在的這段期間，夏娃就拜託你了。」

「嗯，請交給我吧……請容我拜託一件任性的事。我會捨棄名字和過去，只為了夏娃大人和魔族領域而活。但是，就請答應我這件事，讓我留下身為加洛爾能感受到的樂趣。」

「我就聽聽看吧。」

「我想看看孫子的臉。要是孫子出世，請讓我和他見面。」

這句話把嚴肅的氣氛整個破壞了。

拉碧絲原本不安地握著我的那隻手使出驚人的力氣狠狠緊握。看來她相當驚訝啊。

「好吧。反正拉碧絲也會很開心。況且，我想不用多久就會出生了……因為我每次抱她，都會被徹底榨乾嘛。」

「爸……爸爸，還有凱亞爾葛大人，你們真是的！」

拉碧絲面紅耳赤，用手瘋狂敲打著我。

這樣一來，就不會失去加洛爾這個優秀的男人，成功確保能在政治上保護夏娃的人才。

這次真是累壞了。都是因為做了不符我風格的事。這樣簡直就和聖人沒兩樣。

「凱亞爾葛大人，你真的非常非～常溫柔呢。」

拉碧絲對我投以無憂無慮的笑容。我很溫柔嗎？

「謝謝妳。」

平常的話，我總是會以自嘲的口吻說自己確實很溫柔。但偶爾像這樣，做些溫柔對人的事情也不錯。我不自覺湧起這樣的想法。

「那我們快動手吧。畢竟宴會也快結束了。【改良】。」

把冒牌貨和加洛爾調包後，我改變加洛爾的模樣。

這樣一來，就算把夏娃留在魔王領地也不會有所不安。等回到魔王領地後，就立刻前往吉歐拉爾王國吧。

吉歐拉爾王和【砲】之勇者布列特。我要制裁他們，讓復仇劃下句點。

後記

感謝各位閱讀《回復術士的重啟人生》第五集。

我是作者「月夜淚」。

在第五集，終於和魔王展開決戰了。

除了凱亞爾葛之外，這集還收錄了讓所有女主角大顯身手的場景。而情色場面也比平常更多。我自己在寫星兔族父女這對配角的時候也慢慢對他們產生了好感，所以又認真寫了全新劇情追加在這集裡面，也請各位好好享受這個故事。

宣傳：

第五集也會發售了附贈原創廣播劇ＣＤ的同捆版。（註：此指日版）內容是全新的劇本！當然很色情喔。剎那等人終於有聲音了！回復術士的世界已經延伸到漫畫以及廣播劇ＣＤ，只剩下一個領域了呢！

漫畫版的第三集是由角川Comic Ace在２月４日出版，幾乎和這集同時發售。（註：此指日

版）

漫畫也和小說一樣廣受好評喔！

另外，角川Sneaker文庫的《世界頂尖的暗殺者轉生為異世界貴族》也會在同一天發售。就如標題所寫的，是世界最頂尖的暗殺者轉生為貴族的故事。把前世習得的暗殺術配合異世界的魔法以及技術，成為史上最強……然後，暗殺者將會抓到前世所無法獲得的愛與幸福。這是我的自信之作！

而且《暗殺貴族》的初版，還附贈しおこんぶ老師的新插圖以及特製的剎那書籤（註：此指日版）。掃描附送的ＱＲ碼還可以看到剎那個人的全新劇情。請各位務必也閱讀一下！

謝辭：

しおこんぶ老師，感謝兩位第五集也畫了出色的插圖。無論是在遊戲或是漫畫的工作都越來越活躍。我會繼續支持你們。

責任編輯宮川先生，你總是快速又誠實地應對，實在讓我不勝感激。

角川Sneaker文庫編輯部與各位相關人士，負責設計的木村設計研究室，以及閱讀著這份內容的各位讀者，非常感謝你們！謝謝。

記…
復術士很快就來到了第五集。
們是負責畫插圖的しおこんぶ。
五集特典的廣播劇CD錄音現場，剎那有這麼一句台詞。
剎那的尾巴就像絲綢的觸感」，這句實在很可愛，
也好想享受那種蓬鬆的感覺！
…其實我們畫的時候把剎那的體毛想像成很硬的那種，
以今後打算把她的毛畫得更柔順一些。
麼，各位下集再見！

世界頂尖的暗殺者轉生為異世界貴族 1 待續

作者：月夜涙　插畫：れい亜

重生後的「傳奇暗殺者」在異世界開無雙！
突破極限的刺客奇幻故事揭幕！

世界第一的暗殺者投胎成了暗殺世家的長男。他在異世界接下的任務只有一項──「殺了被預言會帶給人類災厄的『勇者』」。「有意思，沒想到投胎後還是要做暗殺這檔事。」為完成這項高貴任務，暗殺者帶著美麗的隨從們於異世界暗中活動！

NT$220/HK$73

國家圖書館出版品預行編目資料

回復術士的重啟人生：即死魔法與複製技能的極致回復術 / 月夜淚作；捲毛太郎譯. -- 初版. -- 臺北市：臺灣角川, 2020.08-

冊；　公分. -- (Kadokawa fantastic novels)

譯自：回復術士のやり直し：即死魔法とスキルコピーの超越ヒール

ISBN 978-957-743-929-1(第5冊：平裝)

861.57　　109008335

Kadokawa
Fantastic
Novels

回復術士的重啟人生 5

～即死魔法與複製技能的極致回復術～

（原著名：回復術士のやり直し 5 ～即死魔法とスキルコピーの超越ヒール～）

2020年8月20日 初版第1刷發行
2023年11月21日 初版第3刷發行

作者：月夜淚
插畫：しおこんぶ
譯者：捲毛太郎

發行人：岩崎剛人
總經理：陳威光
總監：呂慧君
總編輯：蔡佩芬
副總編輯：朱哲成
設計指導：陳晞叡
美術設計：黃永漢
印務：李明修（主任）、張加恩（主任）、張凱棋

發行所：台灣角川股份有限公司
地址：104台北市中山區松江路223號3樓
電話：（02）2515-3000
傳真：（02）2515-0033
網址：www.kadokawa.com.tw
劃撥帳戶：台灣角川股份有限公司
劃撥帳號：19487412
法律顧問：有澤法律事務所
製版：巨茂科技印刷有限公司
ISBN：978-957-743-929-1